暮らしの中の二十四節気
丁寧に生きてみる

黛 まどか

春陽堂書店

節気に暮らす

福島県の昭和村は、越後上布や小地谷縮布などの原料となるからむし（イラクサ科の多年草）の産地である。村では、からむし栽培に今も旧暦つまり太陰太陽暦を用いている。例えば、焼畑は「二十四節気」の小満（五月二十一日頃）を目安に行い、七月の土用の頃から八月のお盆前までに、からむしの刈取りをするといった具合だ。

四季の移ろいの中で育まれた伝統行事もまた旧暦に適っている。鳥取県用瀬町では、上巳の節句の「雛流し」を、旧暦の三月三日に行っている。新暦の三月三日ではまだ桃が咲いていないからだという。桃は邪気を祓うとされ、上巳の節句には欠かせないものなのだ。上巳の節句が桃の節句とも呼ばれる所以である。

そもそも日本人が今のような太陽暦（グレゴリオ暦）を使うように

なったのは明治の改暦（明治六年一月一日）以降のことで、それまでは月と太陽の両方の運行を取り入れた太陰太陽暦を使っていた。太陰太陽暦とは中国の黄河流域で「農暦」として使われていたものが、六世紀後半に日本に伝えられ、幾度かの修正を経て天保期にほぼ完全な形になった。

月の満ち欠けの周期つまり太陰暦（陰暦）とは、月が地球を一周するのにかかる二十九・五三日をひとつの単位とし、一カ月を二十九日（小の月）と三十日（大の月）と交互におく。朔日の新月にはじまり、十五日の満月を経て、新月の前日を一カ月の終わりとする。太陰暦では一年を三百五十四日とする。

一方の太陽暦は、地球が太陽のまわりを一周するのにかかる時間約三百六十五日を一年と定めた暦で、太陰暦の一年に比べて十一日程多くなる。

太陰暦で良いことは、暦を見なくても月の形で今日が何日かがわかることだ。また、月と潮の満ち干は関連しているため（新月と満月の頃は大潮、上弦の八日頃と下弦の二十三日頃は小潮）、漁業に携わる人にとっては便利だ。しかし前述の通り、実際の太陽の運行（三百六十五日）と毎年約十一日ずれが生じるため、種蒔や収穫の時期が暦に従ってできず、日照が関係する農業には不向きだ。

そこで太陰暦と太陽暦とを折衷し、両者に生じる差を調整するために十九年に七回「閏月」を設け、一年が十三カ月の年を作って平均させたものが太陰太陽暦だ。

太陰太陽暦では、一太陽年を黄経にしたがって二十四等分し、十五日ごとにそれぞれに季節の名称を付けたものを「二十四節気」と呼ぶ。古代中国でさらにそれを三候に細分したものを「七十二候」と呼ぶ。「二十四節気」は、中国の気候を元に作られているので、日本の気候とは合わない面もある。それを補足するために、二十四節気以外の季節の移り変わりを示す暦日を「雑節」とした。「雑節」には、節分、彼岸、社日、八十八夜、入梅、半夏生、土用、二百十日などがある。

なお、年間の伝統行事として定着している人日（一月七日）、上巳

（三月三日）、端午（五月五日）、七夕（七月七日）、重陽（九月九日）の「五節句」も起源は中国にあり、伝来して根付く過程で日本風に変容した。

現代日本では、一般社会の表層部分は新暦（太陽暦）のカレンダーに従って運行しながらも、私たちの身体の深部には旧暦（太陰太陽暦）のリズムが今も波打ち、月の満ち欠けに影響を受けながら大自然の一部として生きているように思う。日本人が暮らしの中で、あるいは文化芸術の中で、自己と自然を一体化させ、ときに自然を擬人化し、自然と共にあり続けるのは、万物と同じ波動で生きてきた旧暦の時代の名残りともいえないだろうか。

本著では、「二十四節気」、「雑節」、「五節句」に加え、今も受け継がれている重要な「伝統行事」を取り上げた。またそれらにまつわる俳句を引用しながら、日本人がいかに自然を細やかに観察し、四季の移ろいを愛で、日常の中に取り入れて丁寧に暮らしてきたかを紹介している。それは伝統的な行事や文化芸術に限らず、現代アートやポップカルチャーにも貫流する。

節気や節句、伝統行事などの真義を見つめ直し、日々の暮らしの中で意識し実践することで、先祖たちの生きざまに思いを馳せ、自然との深いつながりに気づき、私たちの日常がより豊かになるものと信じている。

目次

雑節

五節句

二十四節気

1 立春《りっしゅん》

立春は二十四節気最初の時節で、旧暦正月の節。新暦では二月四日頃にあたる。それまでは寒中にあり、立春は即ち「寒明け」となる。「春立つ」とはいえまだ寒さの底にあり、本格的な春の到来はもう少し先。しかし暦の上で春が立ったと思うと、野山の佇《たたず》まいや海や空の色、風や水の音も春めいて感じられる。意識が作り出す春である。実際に日もだいぶ永くなり、木々の芽吹きもはじまっている。立春を過ぎて最初に吹く南風を「春一番」と言い、寒暖を繰り返しながらも春一番、二番と吹くごとに暖かくなっていく。なお、旧暦では新年になる前に立春が来ることがあり、これを「年内立春」、元旦と立春が重なることを「歳日立春」と呼ぶ。

新しき年の始の初春の今日降る雪のいや重け吉事　（巻二十・四五一六）

『万葉集』最後の歌は、元日と立春が重なった上にさらに御降《おさが》り（元日に雪や雨が降ることで瑞祥とされる）があったことを祝する大伴家持の歌で結ばれている。元日と立春が重なる日は、十九年に一度しか巡ってこない。天平宝字三年（七五九年）歳旦立春の今日、豊作の吉兆である雪が降った。実はこの時家持は失意のうちにあった。崇敬して止まなかった聖武上皇が三年前に崩御すると、同朋たちが乱を起こし、家持は因幡国に左遷されていた。さらに五年後には藤原仲麻呂の乱が起こる。不吉な時代背景を負って詠まれたこの一首は目出度さを幾重にも重ね、歌で予祝をして災いを祓おうとする家持の祈りでもある。

春立つと古き言葉の韻《ひびき》よし　　後藤夜半

「春立つ」という大和言葉のなんと優しく柔らかなことだろう。「春」も「立つ」も〝あ〟音に始まり、言葉そのものが春を運んでくるような大らかな韻だ。意思伝達という直截的な目的を超えて、言葉そのものが馥郁《ふくいく》たる香を纏《まと》い、豊饒な余白を抱えているのだ。一言を発することで周囲の空気が一変するような呪術的な力がある。まさに「古き言葉の韻よし」である。

ちぐはぐの下駄から春は立にけり　　小林一茶

文化二年（一八〇六年）作。この頃一茶は江戸にいた。草履ではなく下駄を履くのは、道がぬかるんでいるからだ。右左が揃っていない端物の下駄は貧乏暮らしの証でもある。しかし「ちぐはぐの下駄」の俳味に、春の長閑さが広がる。「春は立にけり」と一句をゆったりと使うことで、おかしみの後に「春が立ったのだなぁ……」という感慨が湧き上がる。「ちぐはぐ」は「下駄」にかかるだけではなく、家族と反目し不協和音を奏で続けた自身の境涯を詠った自嘲なのかもしれない。しかしそこに「春」を見出すことで、すべてが諾《うべな》われる。

雨の中に立春大吉の光あり　　高浜虚子

立春の日、禅宗の寺や檀家では「立春大吉」と書いた紙札を門口の左右に貼る風習がある。縦に書くと左右対称になるため縁起の良い言葉とされ、一年の無病息災を祈願する。雨の日は暗く鬱々としているものだが、立春と思えば雨にも光が見えてくると虚子は断定する。今日が立春と知らなければただの雨で終わってしまうことが、立春を意識化することで雨にも春を感受するのだ。上五・中七の〝字余り〟はしとしとと降る春の雨音を呼び起こし、下五の「光」を効果的に引き出している。

立春の雪のふかさよ手鞠唄　石橋秀野

雪に埋もれるように暮らす家の中に、手鞠で遊ぶ子供の声が聴こえる。手鞠をつく子供も、その声を聴いている大人も、春を待つひとつ思いの中にいる。手鞠唄は春を待つ唄でもあり、春を育む唄でもあるのだ。雪国らしい暮らしの一齣。この雪は深いが決して暗くない。まだ淡い春の光を必死に抱き留めようとする雪の無垢な白さが一句を占めている。真っ白な雪と色鮮やかな手鞠が対照的で、手鞠唄が雪国の冬の黙《もだ》をいっそう深くする。

捨て舟に立春の日の溢れをり　菅野忠夫

浜にうち捨てられた一艘の小舟に、立春の日が降り注いでいる。真冬には鈍色《にびいろ》の空と海が横たわり、荒波が打ち寄せて蕭条《しょうじょう》たる様だったが、立春の日を受けて明るい景へと一気に変化する。溢れんばかりの立春の日は、かつて漁師を乗せ、魚を満載にして漁から帰った舟の姿を偲ばせる。

詩とは日常の綻びを詠うものだ。綻びから滲み出る哀感や情趣に日を当てたとき、そこに詩の花が咲く。

2 雨水《うすい》

雨水は旧暦一月の節で、立春から十五日目にあたる。新暦では二月十九日頃。七十二候の初候は「土脉潤起《どみゃくうるおいおこる》」。気温がわずかに上がって、雪は雨に変わり、積もった雪も解けはじめて斑雪となる。「雪形」とは、山肌に残った雪を馬や兎などに見立てて農作業の目安にするもの。福島県の吾妻小富士では、残雪が兎の形になると苗代に種を蒔くことから、「種蒔きうさぎ」と呼んできた。福島の人々に春を告げる兎でもある。次候は「霞始靆《かすみはじめてたなびく》」。「春泥」という季語があるように、ぬかるんだ土は気温が低いため乾きが遅い。空気中にはおのずと水分が増え、霞がたなびく。湿潤で朧がかった風景はまさに日本の春の情趣だが、春の「霞」に対し、秋は「霧」と呼ぶ。尤も気象用語に「霞」はない。「霧」は視界一キロメートル未満の状態を言い、それ以上のものは「靄《もや》」とする。「霞」は〝あ〟音にはじまり、暖かさ明るさを帯び、「霧」とは情緒を異にする。「霞」と「霧」を春と秋で言い分けるようになったのは平安以降のこと。「霞」は美意識が紡ぎ出した言葉である。

連歌や俳諧では「聳物《そびき》」、つまりたなびくものが重要な題目の一つとなっている。霞や霧、靄のように空間を自在に行き来するものは、天と地をつなぎ、ゆりかごのように命の萌芽を優しく包む。末候は「草木萌動《そうもくめばえいずる》」。天地がみずみずしく潤うと、草木は芽ぐみ始める。とはいえ、「寒の戻り」や「冴返る」日もあり、池や水溜まりには薄氷が張り、『早春賦』の歌詞のごとくにまだ春は浅いのである。

梅一輪一輪ほどの暖かさ　　服部嵐雪

嵐雪は芭蕉十哲の一人で、宝井其角と並び称された高弟。少しずつ寒さが緩んでくるのを、「梅が一輪また一輪とひらくほどに」と喩えた。既に暦では春が立っているだけに、行きつ戻りつする季節にもどかしさすら覚える。「梅一輪」には、切ないまでの春への期待感も込められている。右の句が広く人口に膾炙するのは、その実感が美しい梅のほころびに託されて見事に捉えられているからだろう。雨水の頃は、春一番が待ち遠しい季節でもある。

ある年の二月の末、六本木の国立新美術館を訪ねた折のこと。入れ違いに館から出てきた五十代の男女の女性の方がふと空を見上げて言った。「ああ、もう春の日差しね……」。私が振り仰ぐのとほぼ同時に、男性が同じ空を仰いだ。冷たい風が吹く日で、私はコートの襟を立てて急いでいたが、確かに頭上には春の日が降り注いでいた。美術館は高層ビル群に囲まれているが、それでも空には春の気が満ちていた。いや彼女の声が私の足を止めさせ、春に気づかせてくれたのだ。二人の顔や服装は全く思い出せないが、あの春めいた女性の声と淡いブルーの空を零《こぼ》れた春光は今も鮮やかに記憶に残っている。何気ない一齣だが、忘れえぬ一齣である。

夕空に晴れ間の見えし雨水かな　　今井杏太郎

雨水の日、一日空は曇り景色も霞んでいた。しかし夕方になってひとところだけ雲が切れ、薄日が差し込んできたのだ。ひとかけらの晴れ間によって雨水の夕暮の情趣が俄に臨場感を以て立ち上がってくる。

晩秋から春先にかけて京都はよく時雨《しぐ》れる。「私雨《わたくしあめ》」も多く、会った人に「今朝は時雨れましたね」などと言うと、きょとんとされることもしばしばだ。南禅寺に近い岡崎に何年か暮らしたことがある。起き伏しに東山を眺めて過ごしたが、わけても十五夜の月白《つきしろ》と、二月の夕べの佇まいは幻想的であった。まったりと水気をまとった空の片隅から夕日が差し、南禅寺か永観堂か裾野の寺の鐘が響き渡ると、雨水の東山は薄むらさき色に沈む。

切株のひたすら匂ふ雨水かな　菅野めぐみ

深い眠りから覚めたばかりの早春の山は、春風駘蕩《しゅんぷうたいとう》とはいかず、命の胎動は察知できるものの、まだ視覚に現れるほどにはなっていない。そんな中で、伐採されたばかりの木が切り口を匂わせている。水分を含んだ山気は、切り口をみずみずしく保ち、芳しい香を際立たせている。「ひたすら匂ふ」には、木の生気と共に、失った半身を切株が恋うているかのような哀感がある。山全体の春の鼓動を「切株」一点に集約し、雨水の情趣は余情となって一句を覆う。

留守になる雛を飾りてみちのくへ　長谷川かな女

みちのくへと旅立つ作者。雛を飾ったところで家人も訪れる客もいないのだが、やはり毎年の習慣として雛を飾ったのだろう。

掲句は『おくのほそ道』の冒頭一句「草の戸も住替る代ぞひなの家」と響き合う。芭蕉はみちのくへの旅立ちに際し深川の草庵を人に譲り渡した。「雛の家」に住むのは、世捨人とは対極にある常民である。かな女は自らを「雛の待つ家に帰ってくる人」と詠う。そこに明治の女の矜持がある。また旅の地にあっても雛と思いを共にするような作者の優しさ細やかさが感じられ、読者をほのぼのとさせる。

南会津地方では雨水の日に雛を飾ると良縁に恵まれるとされている。この習慣は他の地方にもあるようだが、いずれも由来がはっきりしない。水を司る罔象女神《みつはのめのかみ》（『古事記』では弥都波能売神）が地母神となり、井戸の神、安産の神、縁結びの神として信仰されるなかで、厄を水に流す「上巳の節句」と結びついたものか。また「啓蟄」を目安に雛を仕舞う地方もあり、これらの習慣は上巳の節句が新暦で行われるようになってから始まったと思われる。いずれにせよ二十四節気が思わぬところで息づいていることは嬉しい。

3 啓蟄《けいちつ》

啓蟄とは旧暦二月の節で、新暦の三月六日頃。冬籠りしていた虫が外に這い出してくる季節だ。

仲春になって巣穴から出てくるのは地虫だけではない。

家にこもりがちだった子供たちも外に飛び出して春風を切るようになる。

私の故郷湯河原は三方を山に囲まれ、一方を海に展《ひら》いているため、どの山に登っても町並を挟んで向こうの山が見え、場所によっては海を望むこともできる。我が家は北側の雑木山が後ろに控えているので、子供の頃はその裏山が遊び場だった。山には蜜柑畑や竹林があり、縦横に農道が延びている。放置された空地は春になると土筆や蓬、からすの豌豆、白詰草などが生え、遊ぶには格好の場所だった。

久しぶりに裏山に登ってみた。例の空地はコンクリートが打たれ駐車場になっていたものの辺りの風景はほとんど変わらなかった。冬は夕方になると綿虫が湧き、異界へと続くようで恐ろしかった脇の小径は案外短く、すぐに車道に突き当たった。尤も空地も記憶の五分の一程の大きさだった。実はこの空地にはほろ苦い思い出がある。

啓蟄の頃のこと。その時私は蓬摘みに夢中になっていた。たくさん摘んでとびきり美味しい草餅を祖母に作ってもらおうと思っていたのだ。「もう帰ろうよ」。友達の声に振り向いた時、ふいに指先に鋭い痛みが走った。大きな蟻に噛まれたのだ。どうやら蟻の巣の出入り口を侵していたらしい。噛まれた痕は赤いシミになって何年も残った。以来蟻は大の苦手だ。蟻にしてみれば大事な城を危うく破壊されるところだったのだから必死だ。啓蟄といえばあの蟻の一撃を思い出す。春の野は文字通り万物が蠢く場所である。

ところで二〇一二年以降、ジャポニカ学習帳の表紙が刷新された。ジャポニカ学習帳といえば虫や蝶などの昆虫写真の表紙が特徴だった。虫を嫌う子供が多く、親や教員から気持ちが悪いので使用をやめてほしいという声が上がっていたという。私も虫は苦手だが、接することで学ぶことは多い。気持ちが悪いからと、排除してしまうのはいかがなものだろうか（二〇二〇年に昆虫シリーズの表紙は復活）。

啓蟄は近代に入ってから使われはじめた比較的新しい季語だが、傍題の「蛇穴を出づ」「地虫出づ」などにも人の営みと自然の営みにほのかに通う情が見え、俳味があって句を豊かにしてくれる。

啓蟄の地へ撒く工衣の洗ひ水　吉田鴻司

汗にまみれ土にまみれた工衣を洗った水を、啓蟄の地面へと撒き捨てた。その瞬間に立ちあがってきた土の匂い。突然の水の襲来に虫たちはいささか驚き、八方へと逃げ出したかもしれない。身体を使って働くことの充実感と活力が句を占める。自分も虫も同じだという命の根源への敬意が感じられ、そしてその命の一つとして今日一日を全うしたという自負がある。

啓蟄やよき事言へば佳き事来　藤田湘子

東日本大震災から一年後の三月、フランスの新聞「ル・フィガロ」に「言霊」に関する記事が一面掲載された。記事は被災地の俳句を引用し、どんな惨状においても日本人が俳句に自然を称え、明るく前向きに生きていることと言霊との関係について触れていた。日本は「言霊の幸ふ国」だ。佳い事を言えば、佳い事が起こる。理屈ではなく古代からそう信じられてきた。お節料理に縁起言葉を使い、節分に「福は内」と声に出すのも同様だろう。これほどに文明が発達した今もその感覚は私たちのなかに残っていて、ひとたび震災のような事に遭遇すると顕在化する。「仲春の月、蟄虫咸動き、戸を啓きて始めて出づ」(『礼記』月令篇)。ものの始めは言葉である。まず佳きことを口にせよと己に言い聞かせる。

啓蟄の土をほろほろ野面積　黛　執

湯河原のみかん畑は山の斜面に作られていて、土留に石垣が組まれている。自然石を組んだ野面積《のづらづみ》だ。大小の石が無造作に重ねられ、表面も凸凹で素朴な石垣だが、これが案外丈夫なのだ。暖かくて雨除けにもなるので石と石の間の土に虫が巣を作り冬籠する。啓蟄の頃になると石と石の隙間に野花が咲き、目を覚ました虫たちが頻繁に出入りするようになる。野面積の方は泰然と春の日差しを受け、柔らかくなった土をほろほろとこぼす。あまたの命を抱えて冬を越した野面積が、春を迎えてほっと緩んだかのようでもある。

中国では「虫」は人を含む動物の総称であったという。万物が寒い冬から解放され、一つ喜びにあるのが啓蟄の頃だ。眠っていた命と命が最初に出会うのが春の野山であり、蓬摘みも蟻に嚙まれた痛さも春の喜びに他ならない。春野は森羅万象の縮図である。

4 春分《しゅんぶん》

春分は、旧暦二月の節。太陽の黄経が零度となり、太陽が真東から昇って真西に沈む。この日、昼と夜の長さがほぼ等しくなる。新暦では三月二十日頃にあたり、彼岸の中日に重なる。春分の初候は「雀始巣《すずめはじめてすくう》」、次候は「桜始開《さくらはじめてひらく》」、末候は「雷乃発声《らいすなわちこえをはっす》」。雀は巣作りを始め、初花の便りが届き、春雷が鳴る頃。万物が躍動し春爛漫の最中にある。

たつぷりと春分の日を歩きけり　　増成栗人

春分の日、散歩に出た作者。ついこの間まで居座っていた冬将軍の片鱗はもうどこにもなく、日差しも風も柔らかで、歩いていると身体も心も緩んでくる。青々と草が萌え出た大地、朧がかった空、光を返す池や川の水も温んで、何もかもが弛緩してほっと一息ついているようだ。永くなった日をたっぷりと使い切り、存分に歩いた。「たつぷりと」は時間だけを言うのではない。心ゆくまで全身で春を堪能したのだ。

二年程パリで暮らしたことがあるが、フランスでは春分を境に突然春になる……。奇妙な言い方のようだが、少なくとも私にはそう感じられた。立春の頃、木々の芽吹きを指して「ほらもう春が来ているじゃない」などと言っても、フランス人は「いや、春はまだ」と頑なに否定する。しかし暦が春分になった途端に「やっと春が来たわね！」と口々に言い出す。頭の中が一気に春に衣更えするといった風なのだ。

春分後最初の満月のあとの日曜日は復活祭で、キリスト教徒（西方教会）にとって最も大切な日だ。彩色や装飾が施されたイースター・エッグは命の再生を意味するとされる（諸説あり）。庭や公園に隠された色とりどりのイースター・エッグを子供たちが声を上げながら探し回る様子は春の風物詩だ。街のチョコレート専門店には競い合うように意匠を凝らした卵型のショコラが並び、クリスチャンでもない異邦人の私は、あっという間にパリの春に追い越される。

喜多川歌麿最晩年の肉筆画の傑作に『深川の雪』がある。『品川の月』『吉原の花』と共に「雪月花三部作」として知られる。一九四八年に銀座で展示されたのを最後に半世紀以上行方不明になっていたこの作品が再発見され、修復を経て二〇一四年に箱根の岡田美術館で公開されると当時大変な話題になった。私が『深川の雪』を見たのは翌年の夏のこと。幸運にも小林忠館長自らが『深川の雪』の解説をして下さった。さらに幸運だったのは、その日は来館者が少なく、開館後しばらくの間、縦約二メートル、横三メートル四〇センチメートルの大作を父と二人きりでじっくりと鑑賞できたことだ。

『深川の雪』には、東京・深川の料亭二階を舞台に、雪の夕暮時を芸者や下働きの女性たちが思い思いに過ごす一齣が活写されている。かつて深川の芸者は辰巳芸者と呼ばれ、舞妓や芸妓が「京の華」なら、辰巳芸者は「江戸の粋」と称された。松竹梅が植えられた中庭を取り巻く座敷と廊下。手前の部屋では芸者たちが火鉢を囲んで談笑し、奥座敷では三味線を弾いて拳の遊びに興じている。その傍らで一人化粧に余念のない者や、柱に振袖を絡ませて物思いに耽る者もいる。料理を運ぶ軽子は、緑色の美しい前掛けをしているが、客が贔屓の軽子に前掛けを贈る慣習があったそうだ。ちらりと覗く裏地には梅の花が染められていて、常連客の「粋」もまたさり気なく描出されている。絵の隅には、客をとった芸者の通い夜具を大風呂敷に包んで背負う女中や雪兎を作って遊ぶ少女、猫を追う幼子と母親などが生き生きと描かれている。市井の女性たちに注がれる歌麿の眼差は敬愛に貫かれている。

『深川の雪』では、その大きさと共に圧倒されるのが色彩だ。わけても青色が目を引くのは、当時入手が難しかった輸入品の花紺青《はなこんじょう》（スマルト）を使っているからだという。辰巳芸者は青や茶などの色を好んで着た。その青色を鮮やかに出すことで歌麿は彼女たちを賛美したのだろう。下唇に塗られた玉虫色に輝く「笹紅」は、「金一匁、紅一匁」と言われるほどの最高級品で、一般の女性には手の届かないものだった。また、女性たちの顔や首が艶めかしいほどに白く仕上がっているのは、胡粉《ごふん》の上に実際に白粉として使っていた鉛白を重ね塗りしているからだという。そのような細部のこだわりにも歌麿のこの絵にかける並々ならぬ思いが窺える。

雪化粧した中庭に飛ぶ番の雀を指して小林館長が言った。「雪は積もっていますが、梅も咲いていますし雀も飛んでいます。つまり〝春の雪〟なのです」。さらに七十二候の「雀始巣」にも触れながら『深川の雪』が春であると説いた。雪に暗さは微塵も感じられず、寒さにも拘わらず女性たちは華やいでいて、全体が明るさに満ちている。「確かに〝春の雪〟だ」と父。

実はこの時代は寛政の改革の下、娯楽や贅沢が禁止され、出版の統制が行われていた。蔦屋重三郎や山東京伝等仲間が次々と捕縛されるなか、禁令の網の目をくぐるように筆を以て歌麿は幕府に抵抗し続けた。しかし豊臣秀吉の醍醐の花見を題材にした浮世絵『太閤記』が令に触れ、ついに歌麿も手鎖の刑に処せられる。それでも歌麿の人気は衰えず、二年後に亡くなるまで注文が殺到したという。「雪月花三部作」は、まさに寛政の改革の只中に命懸けで制作されたのだ。高い芸術性は保ちつつ、一筆一筆に体制への痛烈な批判と庶民への渾身のエールが込められている。三部作の最後に描かれた『深川の雪』は、瑞兆の雪でなければならない。そして館長の言うように谷の雪でなければならない。

5 清明《せいめい》

清明は春分から十五日目。桃紅柳緑、天地に清々しく明るい気が満ちる頃。関東以西では桜が咲き誇る。中国では清明節のこの日、墓参や踏青が行われる（踏青節とも呼ぶ）。七月十五日の中元節と並んで大事な行事である。しかし清明本来の雰囲気とはおよそ裏腹な一篇の詩が晩唐の詩人杜牧にある。

清明　杜牧

清明時節雨紛紛
路上行人欲斷魂
借問酒家何處有
牧童遙指杏花村

『杜牧詩選』

（時は清明、春の盛りだというのに雨はしとしとと降り続き、旅人の私はすっかり気が滅入ってしまいそうだ。「どこかに酒を呑ませる店はないか」と尋ねると、牛飼いの少年が指さしたのは、遥か彼方の杏の花咲く村であった）。

春爛漫のなかにも憂愁を漂わせるのは詩人ならでは。いや春爛漫だからこその寂寥感であろう。いつの季節も雨は旅愁を掻き立て、旅人を慰めるのは一杯の酒だ。

清明や午前半ばに雨上り　　森　澄雄

冒頭の漢詩を踏まえての一句として読むと、杜牧が降り続く雨を詠み、杏の花がけぶる遥かな村に一つのストーリーと作者の思いが収斂されていくのに対し、掲句の雨は早々に止み、そこから新たな文脈が始まることを予感させる。句の眼目は「午前半ば」に上がった雨にある。雨は若葉や花々を浄め、いっそう瑞々しくさせたことだろう。自ずと春光の煌めきも加わる。

臥しをりてわがこころまた清明に　　澄雄

晩年の作からもう一句引く。病床にあり外に出ることは出来ない。花見も踏青も夢のまた夢である。しかし氏の心は自在で、むしろ清朗な気が充溢する。

縁あって生前の森澄雄先生と幾度か近江の旅をご一緒した。ある時先生の希望で突然予定を変更し、渡岸寺《どうがんじ》の十一面観音を見に行くことになった。車を飛ばしなんとか拝観時間には間に合ったのだが、観音堂の狭い階段を車椅子が上がらない。寺の人を呼んでくるという私たちを先生が引き留めた。自分を置いて皆で拝観して来いというのだ。「ここまで来ているのに本当によろしいのですか?」と念を押すと、「ここからでも見えるんだよ」とおっしゃる。結局目の前まで来ていて先生が十一面観音を拝することはなかった。階段の下に留めた車椅子からじっと空《くう》を見つめるその姿は今でも目に焼き付いている。先生はたしかに観音に会っていたのだと思う。

掲句にもまた、病臥にして清明を実感されている森先生の姿が見えてくる。

清明の伊勢海老角を鳴らしけり　　鈴木真砂女

生簀の伊勢海老だろうか。角と角が触れ合う音を聞いた。かそけき音だが力強い命の音でもある。清明の清浄な空気感のなかに伊勢海老の赤さと繊細な角がくっきりと浮かび上がる。暮らしのなかの音に清明を捉えた。

小料理店の女将として日々築地の市場に通い、厨に立ち、それらと向き合い続けた真砂女ならではの一句。

清明の波打ちのべし上総かな　　大嶽青児

どこまでも続く白砂青松。海は波を打ちのべて穏やかに広がっている。鳥瞰図のごとく外房全体を捉えて大画面の迫力で読者に迫ってくる。それでいて句は静謐でどこまでも寡黙だ。海は上総でなくてはならない。節気は清明でなくてはならない。下五は切れていなくてはいけない。ある種の緊張感と共に句の隅々にまで清明の気がゆき渡る。

春の野にすみれ摘みにと来しわれそ野をなつかしみ一夜寝にける

（巻八・一四二四）

『万葉集』から引いた。春の野にすみれを摘みにやってきた山部赤人。すみれは当時食用だった。しかし春野のあまりの美しさとなつかしさについに夜明かしをしてしまったという。すみれと寄り添うように眠る赤人はもはや官僚でも宮廷詩人でもなく、すみれと魂の位が等しくなっている。生命力あふれる気を自然からもらうのが「踏青」の本質だ。

さて、沖縄では今も旧暦三月の清明節に一族揃って墓参りをする習俗（清明祭）が残っていて、掃除のあと墓前で宴をするのだそうだ。沖縄と中国の古来の深いつながりが見えてくる。

6 穀雨《こくう》

穀雨は旧暦三月の節で春の最後の候となる。新暦では四月二十日頃。この時期に降る雨が田畑を潤して百穀を育む。草木の新芽の成長を促し、あまたの花を咲かせる雨でもある。初候は「葭始生《あしはじめてしょうず》」。葭は葦と同じでイネ科の多年草。日本には湿地帯が多く、古来各地に葦原が分布する。日本の古称は「葦原の中《なか》つ国《くに》」。天つ神が天上の高天原より、葦の群生する世界をさしてこう名付けたことに由来する。美称《びしょう》は「豊葦原の中つ国」または「豊葦原の瑞穂の国」。春闌《た》けるこの季節は気温・湿度共に快適で過ごしやすく、日が永くなったことを実感する。「亀鳴く」などという情趣もこの頃の夕べがふさわしい。もう少し今の季節に留まりたいと感傷的になるのは人間だけで、春惜しむうちにいささかの躊躇《ためら》いもなく夏はやってくる。

畦の木に風のあつまる穀雨かな　　黛　執

すっかり鋤き返され田植を待つばかりとなった田が広がっている。ひと気のない田園で、畦に立つ木がざわざわと風に揺れている。畦に植えられる木は榛《はん》が多い。榛は湿地に自生するため水に強く、ぬかるんだ田畔にも根を張る。夏は葉が茂り豊かな木蔭をつくり、冬はすっかり葉を落として日を通す榛。農繁期には枝に弁当が吊るされ、小昼や昼食に木蔭で人が憩う。刈取り機と脱穀機を兼ねるコンバインがなかった時代は、横木を渡して刈り取った稲穂を干した。畦の木は農家の大事な一員であった。

代々先祖たちも同じ田で汗をかき、田畔で憩った。不断の営みのなかで代々受け継がれてきた田を、畦の木は傍らでずっと見守ってきたのだ。豊作の年、凶作の年、災害の年、飢饉の年……。遠い日の記憶を纏って立つ畦の木。その下に集うのは、この世の風ばかりではない。遠い日の風も先祖の御霊を載せておとなう。風の訪れは祖霊の訪れでもある。田の神や水の神など農耕の神々も集っていることだろう。一度では読み取りきれないほどさり気ない景、さり気ない詠いぶりだが、二読三読と重ねていくと、畦の木の下に立ち顕れてくるものが色濃くなっていく。その昔も、穀雨の畦の木はいっしんに風をあつめていたに違いない。

さて、山椒の新芽が出る四月下旬から五月にかけて、会津地方では一斉に各家庭で鰊の山椒漬を作る。身欠き鰊を山椒の新芽と共に三杯酢で漬ける郷土料理だ。山椒の新芽は腐敗を防ぐ作用があり保存性が高まるため、一度漬けると数カ月にわたって食べる。北海道で獲れた鰊が新潟経由で会津に入ってくるのがちょうど山椒の新芽の季節と重なり、鰊の山椒漬が生まれたという。まさに会津という風土が生んだ一品だ。身欠き鰊は内陸の会津地方の人にとって貴重なたんぱく源で、鰊の山椒漬は田植前の体力を補い、農繁期を支える重要な保存食だった。

実を言うと、私は身欠き鰊があまり好きではない。鰊そばなどはどうも食指が動かない。しかし鰊の山椒漬は話が違う。ミルフィーユ状に挟み込む大量の山椒の新芽が鰊の臭みを消し、三杯酢と共に鰊に沁み込んできりっとした味になる。酒の肴に最高だ。その上ご飯にもよく合う。普段は下戸で通している私も、この時だけは一献傾ける。酒はもちろん会津の地酒だ。

鰊を漬けるのになくてはならないのが会津本郷焼の鰊鉢。かつて会津では鰊鉢は嫁入り道具の一つであった。たたらで成形する鰊鉢は、昔から女性が家事の合間に作ってきた。しかし最近では需要が減り、鰊鉢を作る女性はたった一人になってしまった。

数年前、その女性に会いに会津本郷焼の宗像窯を訪ねた。会津本郷焼は東北最古の焼き物として知られる。八代目当主の奥様宗像眞理子さんにお話を伺うと、当主のお母様、おばあ様が作られた鰊鉢を見せてくださった。鉢は長方形で一度に鰊が二十匹程漬けられる大きさだ。陶器は呼吸していて気温や湿度を微妙に調整するため、鰊が美味しく漬かるのだそうだ。眞理子さんは毎年数十キログラムの鰊を漬けると言う。飴色の角鉢はどっしりとした素朴な美しさがあった。かつて柳宗悦が「健康な仕事」と称え、昭和三十三年ベルギーのブリュッセルで開催された万国博覧会で最高賞のグランプリを受賞した宗像窯の鰊鉢。私も眞理子さんの鰊鉢を一つ求めた。「陶器は使って育てるものです」という当主の言葉に、この季節になると山椒漬に挑戦する。家によって身欠き鰊の種類や味付けが違うが、私は八分干しの身欠き鰊を醤油と酢、日本酒で漬ける。山椒は大量に使うので、ご近所の農家から分けていただき、その代わり鰊が漬かるとおすそ分けする。穀雨の頃は私にとって少し忙しい季節となった。

7 立夏《りっか》

立夏は、文字通り夏が立つ日で、八十八夜から数えて三、四日後だから、そろそろ新茶も出回るという頃。蜜柑やジャスミンなど芳香の強い花が咲き、若葉が薫る。まさに「風薫る」季節である。この時期きまって口をついて出るのが『万葉集』の持統天皇の一首だ。

春過ぎて夏来るらし白栲の衣乾したり天の香具山　（巻一・二八）

白栲《しろたえ》は穀《かじ》の木や楮の皮の繊維で織った白い布。白い衣は神祭の装束という説がある。詞書に、藤原宮御宇天皇代「高天原廣野姫天皇元年丁亥、十一年譲位軽太子、尊号曰太上天皇」とあるので、歌の成立は持統天皇が孫の軽皇子に譲位した折と思われる。持統天皇が建設した藤原京は、香具山を含む大和三山に囲まれるようにある。春から夏へ季節が規則正しく移ったことに、皇位が正統に継承され新しい天皇が即位したことを重ねて寿いでいるのだ。しかし一首に込められた本意を離れても、この歌の持つのびやかで明朗な調べは私たちを忽ち万葉の世界へと引き込む。同時に、「白栲の衣」に夏の兆しを察知した感性は、千三百年の時を経て尚その鮮度を失わない。

香具山の裾野に翻る白栲の衣は、新緑を背景により白さが引き立ち、初夏の爽涼感を誘ったことだろう。それは昨今、例えば街なかでホワイトジーンズの若者とすれ違ったとき、「あ、もう夏が来たのだな」とある種の清々しさを伴って受ける感覚と変わらないのではないだろうか。歳時記で「白服」「白靴」が夏の季語に属することも同様である。『万葉集』を代表する一首としてこの歌が愛されるのは、太古のリズムと現代にも通ずる新鮮な感覚の双方を併せ持つからだと私は思う。

さて、旧暦四月（新暦五月）の異称は「卯月」「卯の花月」。卯の花は空木《うつぎ》の花のこと。あまたの花のなかで、けぶるように白い小花を咲かせる卯の花を初夏の代表格に選んだのは、日本人らしい好みだ。この頃降り続く長雨を「卯の花腐《くた》し」と言うが、気象と自然あるいは心象風景を結び付けているところに、日本人の自然観がよく示されている。

童謡「夏は来ぬ」は、「卯の花の匂う垣根に」の一節にはじまる。卯の花が匂うがごとく咲き乱れる垣根に、時鳥《ほととぎす》が声をひそめて鳴く。どこにでもある日常卑近の初夏の景を視覚に聴覚に称《たた》えていて、美しく親しみやすい。

志野茶碗の国宝「卯花墻」は、

やまさとのうのは那かきのなかつみち
ゆきふみわけしここ地こそすれ

という箱書の一首から銘が取られている。志野焼の白釉を咲きけぶる卯の花に、茶碗正面の文様を垣根に見立てた。「卯花墻」の前に佇《た》つと、まさに卯の花の匂う垣根が浮かび上がる。雨に、歌に、一碗に、卯の花は夏の到来を告げるシンボリックな花として愛でられてきた。

プラタナス夜もみどりなる夏は来ぬ　石田波郷

プラタナスの和名は鈴懸。秋になると長い柄に鈴のような実が下がる。鈴懸ではなくあえてプラタナスと表記したことで、瀟洒な街角もしくはヨーロッパの街並がイメージされる。パリの学生街カルティエ・ラタンにプラタナスが多いのは、古代ギリシャにおいて、プラタナスの木下で学者たちが哲学を説いたという故事に因んでか。

プラタナスの緑が溢れる街に夜がきた。夜もまたプラタナスの緑に染まっているのだ。「みどりなる」には色だけでなく、いきれや匂いも内包されている。夜になっても鎮まらない青葉の精気とその下を行く青年の浮き立つような心持が相俟って、独特の抒情を生んでいる。波郷十九歳の作。水原秋櫻子の知遇を得て、この年の二月に上京している。

夏に入る束ねて投げる纜も　廣瀬町子

船を舫うのに、纜《ともづな》をまとめて放り投げた。「束ねて投げる」という具体的な描写に、いよいよ夏を迎えて活気づく海の男たちの姿が克明に見えてくる。船は漁船でも遊船でもよい。いずれにせよ甲板上のきびきびとした動きと投げられた纜の量感が句の核を成し、躍動感が伝わってくる。船も男たちも海もろともに夏に入る。接岸のその瞬間に突き上げてくる潮の香までするようだ。

切り株の雨弾ませて立夏かな　檜　紀代

山の緑を一段と深めて雨が降っている。切株は雨を力強く弾き返して、雨音をひびかせている。「弾ませて」という擬人的な表現により切株と雨に交歓が生まれ、下五の〝切れ〟の後に自ずと立夏の喜びが滲み出す。切株は雨に応えて蘖《ひこばえ》を輝かせたことだろう。切株もそれを囲む草木も、夏の旺盛な正気にある。

8 小満《しょうまん》

小満は旧暦四月の節で、立夏から十五日目、新暦の五月二十一日頃に当たる。立夏の頃にはまだ初々しい若葉がまじっていた野山も、日毎に緑が濃くなっていく。時鳥が南方から各地に渡ってくるのは小満の前後で、古来夏の訪れを告げる鳥として初音が尊ばれてきた。橘の開花と時期が重なることから、「時鳥と花橘」の取り合わせは代表的な初夏の風物詩となり、詩歌に詠み継がれてきた。『万葉集』に収められた時鳥の歌は一五三首だが、とりわけその初音に執着したのは大伴家持であった。

霍公鳥思はずありき木の暗のかくなるまでになにか来鳴かぬ

（巻八・一四八七）

「時鳥よ、木下闇がこんなに濃くなる季節までどうして来て鳴かないのか」。越中国司として赴任して間もなくの作である。立夏を過ぎても越中では時鳥の忍び音が聞かれないと家持は嘆く。しなざかる越の国と都では飛来の時期が違うのだ。都の季節感と風雅に慣れ親しんだ家持の戸惑いがうかがえて興味深い。

ぬばたまの月に向かひてほととぎす鳴く音遥けし里遠みかも

（巻十七・三九八八）

家持が『万葉集』に詠んだ時鳥の歌六三首のうちの大半が越中での作。時鳥の声は夏の到来を知らせるだけでなく都を偲ぶよすがでもあった。時鳥を招くために館の庭に橘を植えたほどだ（巻十九・四二〇七）。実は家持は越中に着任して僅か三カ月後に、弟書持《ふみもち》の訃報を受け取る。出立の折には泉川（木津川）まで見送りに来てくれた実弟だ。当時時鳥は冥土に通う鳥とされていた。その声は都だけでなく書持の面影を呼び起こしたに違いない。日常を破り異界への扉を開く能管の一声のごとくに、時鳥の鳴き声は戻らざる日々、還らざる人々を呼び出す媒介となった。越の国にあって家持の心はしばしば佐保、平城京、恭仁京へと浮遊する。「悽惆の意は歌にあらずは撥ひ難し」。藤原氏の台頭や安積皇子の死を底流に、弟の死を契機にして「憂愁の歌人」は異境の地でいよいよ観想に入る。

時代は二五〇年程下がって平安時代中期、かの清少納言も時鳥をこよなく愛した。『枕草子』二一二段には、賀茂神社への参詣の途上に早乙女たちが田植をしているところに出くわしたエピソードが書かれている。貴族の清少納言には田植がよほど珍しかったのだろう。しばし足を止めて眺めていると田植唄が聴こえてきた。

「郭公、おれ、かやつよ、おれ鳴きてこそ、我は田植うれ」。郭公（＝時鳥）め！　お前が鳴くから、私は田植をしなくてはならないではないかという意。時鳥を貶す田植唄に清少納言は立腹するのだが、時鳥が風雅の対象であったのは所詮貴族層だけのことだった。時鳥は神の使者であり、農民の間では田植を促す勧農鳥（「田を作らば作れ、時過ぐれば稔らず」と鳴く）として崇められていた。が、実際には時鳥の声は辛い労働と直結しており、疎ましく聞こえるというのもの正直なところだろう。「時鳥と花橘」の風雅とは程遠い。しかし「時鳥め！」と唄う早乙女の声は、恨めしいどころかむしろ初夏の青空を突き抜けるように明るい。身体は辛くとも労働の喜びに満ちている。天地の働きの中で年は巡り、命が循環することを稲作を通して身体が知っているのだ。他方、家持の歌は美しいが陰鬱で観念的だ。農民たちが稔りや収穫といった未来に向かっているのに対し、家持は過去へ過去へと沈んでいくのである。

小満の人声ふゆる田に畑に

高橋しのぶ

小満の初候は「蚕起食桑《かいこおこってくわをくらう》」、次候は「紅花栄《こうかさかう》」、末候は「麦秋至《ばくしゅういたる》」。脱皮を繰り返しながら毛蚕から熟蚕になるまでのこの期間、蚕は大量の桑の葉を食べて育つ。紅を採る紅花は咲き出し、麦は黄金色に熟れる。今も昔も小満の頃は農繁期に当たり、田にも畑にも働く人の声が溢れる。先の早乙女のごとく健やかな声だ。小満の田畑は陽気盛んにして生の躍動に満ち満ちている。喜びとは恵みへの感謝や賛美に留まらない。旱魃《かんばつ》などの災害を通して生まれる自然への畏敬や労働の悲喜交々までをも丸ごと擁した「大きな喜び」である。

さて、福島県の昭和村では今も小満を目安にからむしの畑焼を行っている。からむしとは上布や縮の原材料となるイラクサ科の植物。畑焼の目的はからむしの発芽の時期を揃え、成長具合を整えて質を均一化するためだ。昭和村では小満の頃になるとようやく霜が降りなくなり、天候が安定するという。「小満の頃まではまだ虫が動かなくて悪さをしねぇのよ。だから悪さする前に焼いちまうのよ」と村のお年寄りは言う。畑焼は害虫駆除も兼ねているのだ。村では小満を目安に野菜などの作付も行う。あらためて二十四節気が農耕のためにあることを思う。畑焼され一斉に芽を出したからむしはここから一気に成長し、七月の土用からお盆までの間に収穫される。刈り取られたからむしは皮を剥ぎやすくするためにきれいな清水に一晩漬け、繊維を取り出す。昭和村は水が豊富で、「銘水」に選定された清水だけでも十箇所ある。乾燥させた繊維を細かく裂き、指先でつないで糸に績《う》み糸車で撚《よ》りをかけて織りに入る。からむしは乾燥に弱いため、糸績みや織りは湿度の高い雪の季節に行う。有数の豪雪地帯で一年の半分は雪に埋れる昭和村はまさにからむし織に適っている。

雪もすっかり解け、半年間籠もっていた村人たちが外に出て旺盛に働き出すのが小満の頃。野山の花も一斉に咲き、人の声も水音も木々のさやぎも、昔も今も変わることのない「大きな喜び」の中にある。

小満の朝《あした》をはやる水の音　　黛 まどか

9 芒種《ぼうしゅ》

芒種は旧暦五月の節で、新暦六月六日頃。芒《のぎ》（穂先の堅い禾）のある穀物の種を蒔く時期にあたるという意味だが、現在はもっと早い時期に行われる。本州は梅雨入り間近で、田植も終わる頃。水辺には蛍が舞い始める。

二十年程前、高知県の四万十川流域を旅した。宿をとった西土佐村では松明の明りで鮎を追い込む火振り漁が行われていて、夕食には揚がったばかりの鮎が振る舞われた。「次はぜひ蛍の季節に来てくださいね」。炉辺で民宿のお母さんが串に刺した鮎を返しながら言った。それはそれは幻想的なのだそうだ。

翌年の六月に入って間もなく、民宿のお母さんから電話がきた。「蛍が見ごろですよ」。すぐにでも飛んで行きたかったが生憎仕事が重なっていてとても行けそうになかった。電話口でそう告げると、翌日、草を敷き詰めた籠に蛍が届けられた。二、三十匹はいただろうか。昼間は草陰に隠れて見えなかった蛍が、夜になると一斉に光り出し、枕辺の灯を消すといっそう強く瞬いた。床に入って目を瞑ると、蛍は目裏で瞬きはじめた。翌朝私は思い切って飛行機のチケットを手配し、その日のうちに西土佐村へ飛んだ。

　中村の駅には民宿のお父さんとお母さんが軽トラックで迎えに来てくれていた。民宿に荷物を置くと、さっそくお父さんの川舟に乗り換え、エンジンを全開にして四万十川を一気に遡る。かなり上流まで来るとお父さんはエンジンを止め、櫂を巧みに操ってゆっくりと四万十川を下りはじめた。舳先で風に吹かれていたお母さんが振り返って言った。「いいわねえ、まどかさんは旅がいっぱいできて……」。お母さんは旅をしないのかと尋ねると、「私は四万十で生まれて四万十で嫁ぎ、四万十で死んでいくのよ」と笑いながら答えた。お父さんは私たちの話を聞くでもなく、黙々と櫂を水に突き立てている。民宿を営むようになったのは、自分が旅をする代わりに旅人を受け入れることで他所の土地と出会うことができると思ったからだそうだ。それでもいつか『おくのほそ道』を旅してみたいと夢を語った。

　四万十川の幸を肴にお酒を飲みながら日暮を待つ。やがて川の両岸にふわりふわりと蛍が舞いはじめた。時折沈下橋の下を蛍が潜っていく。お父さんが竹林の前に舟を舫《もや》った。とっぷりと日が暮れると竹林を中心に周囲の山々が全山鼓動しているかのようにリズムを刻みながら瞬き出した。あまりの迫力と美しさに私はしばらく放心状態でいた。「まどかさん上も見て！」。お母さんの声にはっとして空を仰ぐと、満天の星が広がっていた。「足元も！」。今度は視線を足元に落とすと川に竹林の蛍がつぶさに映り、光の帯は水面《みなも》から竹林、そして天空へとつながっていた。以来蛍といえば、四万十川の光の帯を思い出す。お母さんは『おくのほそ道』の夢を果たされただろうか。

川音に風音交じる芒種かな　　木野ナオミ

せせらぎに応えるかのように風が音を奏でている。両者は時にぶつかり、時に溶け合う。芒種の季節感を川音と風音で捉えているが、滑らかで切れのよい調べもまた清涼感を生んでいる。風音は客観であると同時に主観と受け取ることもできるだろう。川辺を行く作者の胸中を一陣の風が吹き抜けているのだ。川音も風音も作者も芒種の静けさにある。静けさと言っても、宿した命が産声を上げる前のような生気の張りつめた静けさである。

山の湯のぬるきに浸り芒種かな　　長谷川綾子

田植が終わった後の湯治ではないだろうか。泥落しの湯治には、炊事場が付いているような鄙びた山の宿がいい。労働で疲れた身体を癒やすのは、熱い湯ではなくぬるめの湯にゆっくり入るのにかぎる。田植に追われている間に季節は初夏から仲夏へと移っていて、湯治場もむせ返るような万緑に囲まれている。時鳥や小綬鶏、鶯などの声が響くなか、湯はその緑を満々と湛え、肌から山の気が浸み込むようだ。「芒種かな」という止めの後に、作者の自足感が残る。

海鳥の森に来てゐる芒種かな　　綾部仁喜

本来海鳥の生息する場ではない森に海鳥を見つけた。その新鮮な驚きが、芒種を取り合わせることによって厚みを帯びる。この季節、水を張った田には餌になる生き物がたくさんいる。それらを狙って飛んできたのだろう。餌を求めてさらに森の奥深くまで入り込んだ海鳥に逞しさを見る。同時に森で出会った海鳥は神秘的であっただろう。発見から生命への敬意へ、作者の感動の深まりが句のなかに展開する。

10 夏至《げし》

夏至は旧暦五月の節で、新暦では六月二十一日頃。黄経が九十度に達し太陽が夏至点を通過する時で、北半球では昼が最も長く、夜が最も短い。夏至の初候は「乃東枯《だいとうかるる》」、次候は「菖蒲華《しょうぶはなさく》」、末候は「半夏生《はんげしょうず》」。昔は半夏生を目処に田植を終え、その日は物忌みした。「半夏半作」は半夏生までに田植を済ませないと収穫が半減するという意味。

夏至は二十四節気の中で最も早く確立した節気の一つ。麦の収穫期に当たるため、古代中国では祖先を祀り収穫を祝い、災いを祓って豊作を祈る祭祀が行われた。今も夏至は中国人にとって重要な祭日で、うどんやワンタンなどの麺類を食べる風習がある。収穫されたばかりの新麦を食べ、無病息災を願うのだ。

夏至の日を真中に夫婦岩ありぬ　加藤耕子

日本では古代から太陽信仰があり、夏至や冬至には祭祀が行われてきたようだ。弥生時代に入ると稲作が始まり、太陽の運行がより人々の暮らしに深く関わるようになる。吉野ヶ里遺跡の東祭殿は夏至の日の出と冬至の日の入りを結んだ線上にあり、そこで祭祀が行われていたと考えられている。さらに六世紀頃になると宮廷には日神祭祀に関わる部民である日祀部《ひまつりべ》が設置され、日の祭祀や暦を司った。日神はやがて天皇家の祖先神（天照大神）となり、最高神として位置づけられていく。

天照大神にまつわる夏至の行事が、三重県伊勢市二見浦の二見興玉神社で毎年行われている。二見浦はかつては伊勢神宮に参拝する前に禊をする神聖な浜であった。夏至の日、もっとも活力が高まった太陽を浴するためにこの浜で身を清め、夫婦岩の間から昇る「日の大神」を拝む。夫婦岩は二見浦沖合七百メートルの海中に鎮座する「興玉神石」の鳥居である。

数年前、筆者が夏至祭を見に行った年はあいにくの雨だったが、それでも午前三時前には白装束姿の人々が神社に集っていた。鳥船、振魂、雄健、雄詰、伊吹、鎮魂などの禊行事の後、善男善女が一斉に海に入る。道彦（禊の先導者）が海にお神酒を注ぎ清めると、一同合掌し祓詞を唱えながら夫婦岩に向かって進んだ。時折頭の先まで海中に沈め、全身を清めながら日の出を待つ。午前五時、禊祓を夢中になって見ているうち、気が付くと雨雲の向こうに日が昇り、すっかり周囲が明るくなっていた。夏至の前後は夫婦岩の間に座す富士山から日が昇るため、天気に恵まれれば、富士山から昇る生れ立ての太陽を夫婦岩が両側から称える姿が見られるという。

禊行事のすべてが済んだ後、道彦の男性に声をかけると、白装束から海水を滴らせながら話を聞かせてくださった。二十五年間この行事に参加しているというが、富士山から昇る朝日を遥拝できたのは、二〇一五年のみだったという。「それはもう言葉にならないほど特別な体験でした……」。禊には全国から参加する。毎年仲間で参加しているという女性たちは口々に終わったあとの清々しさを言った。穢れとは「気枯れ」「褻枯れ」を意味する。日常生活で身に付いた汚れを落とし、衰えた気を日の力で回復させるのだ。

さて、農耕文化圏（主に欧州）では、夏至を境に衰える太陽に力を与えるため、火祭を行う国が多い。太陽信仰である火祭は、後にキリスト教の洗礼者ヨハネの祝日と一緒になり六月二十四日に行われるようになった。フランス人の句友の話によれば、今も地方では夏至の夜に火祭が行われ、丘の上に人々が集い大きな火を焚いて踊り明かすという。下火になると人々はその上を飛び越えて息災を祈る。また夏至の早朝に摘んだ薬草は効果が高いとされ、薬草摘みもするそうだ。このように欧州では夏至を祝う祭と共に人々の活力もピークに達する。ヨーロッパの夏至を幾度か経験したが、梅雨の只中に夏至がある日本とはだいぶ受け止め方が違っているように見えた。昨今の日本で夏至があまり意識されないのは、稲作の変遷と梅雨による影響か。

フランスではこの日国を挙げて「音楽祭」が行われ、コンサートホールや劇場はもちろんのこと、美術館で、カフェで、公園で、広場で、路上で、民俗音楽やクラッシック、ジャズ、ロック、聖歌など様々な音楽が一日中演奏される。参加するのは数百万人のプロ・アマの音楽家たち。フランス全土が楽器と化すと言っても過言ではない。人々は街に繰り出しコンサートをはしごする。何しろ日の入りが夜の九時で、とっぷり暮れるのは十時を回ってから。かくて音楽祭は夜通し行われる。実はこの祭、案外歴史は浅く、一九八二年に文化振興を目的に創設された。日頃音楽に接する機会がない人にも音楽に触れる機会を提供すること、音楽は全ての人のものという精神のもと、誰もが自由に参加できる。夏至の日の音楽祭は世界中に広がり、現在約百カ国で開催されている。

夏至の日の手足明るく目覚めけり　　岡本　眸

初めてパリにアパートを借りたのが二〇〇六年の六月のこと。マレ地区というパリの中心地だったのだが、初日の朝は思いがけず小鳥の囀《さえず》りで目が覚めた。六月のパリの日の出は四時半。明易《あけやす》に囀りとくれば心身共に心地よく目覚めないはずがない。これは万国共通だ。「手足明るく目覚めけり」には、どんなに文明が発展しようが太陽の運行と関わらずには生きられない人間の本性が具体的に詠われている。夏至という日を概念ではなく身体性で捉えているのだ。

以来パリで幾度か引っ越しをしている。六つ目にしてようやく出会えた希望通りのアパートに、長年現地で暮らす友人を招いた折のこと。窓の外を見るなり彼女が溜息をついた。「この広場はくせ者ね……」。我が家の前の広場が、音楽祭のアマチュア・コンサートに最適のスペースだというのだ。「夏至の夜は私の家に泊まりに来た方が良いわよ」。

さて音楽祭当日、私は近くのリュクサンブール公園へ出かけた。園内の円形音楽堂ではジャズの演奏が行われていて、マロニエの木蔭に並べられた椅子で老若男女が思い思いに聴き入っている。立ち見の客は曲に合わせて身体を揺すり、その周りを子供たちが駆け回っていた。友人の申し出を断った私は夕方帰宅するとシャワーを浴び、ワイングラス片手に濡れ髪のまま出窓に腰を下ろした。これぞパリ生活の醍醐味というもの……。ところが、広場のコンサートは私の苦手なロックばかりで、バンドが入れ替わっても大音量の演奏が絶え間なく続いた。やむなく家中の窓を閉め切り、耳栓をしてベッドに入ったが、コンサートも聴衆も深夜になってボルテージは上がる一方。友人の助言を思い出しつつ私は明け方まで悶々と過ごした。

もう一つ、夏至の頃のパリの風物詩にセーヌ河畔のピクニックがある。日が傾き始める七時頃、学校や仕事帰りの若者が軽食やワインを持ち寄り岸辺や橋の上で夕涼みをする。夕涼みと言っても日本のそれとはかなり趣が異なり賑やかだ。週末にもなると夜更けまで羽目を外す。そんな時はたいてい近所の住人から警察に通報が入り、ポリスに叱られてみんなしょんぼり肩を落として帰っていく。「夏もだんだん終わるなぁ……」。夏至を過ぎるとそんな嘆息まじりの会話を耳にするようになる。パリの夏は短い。八月の声を聞くと肌寒い日が多くなる。

また冬の日が短いのは日本の比ではない。冬至の頃は朝八時過ぎてもまだ暗く、みな真っ暗な中家を出る。だからこそ夏の解放感はひとしおなのだ。音楽祭と言いピクニックと言い、あの乱痴気騒ぎが鈍色の冬の重苦しさと背中合せにあると思う時、彼らの切ないまでの太陽への渇望を見るのである。

夏至の日のさても暮れたり膝頭　　川崎展宏

「さても」は多義的である。「それでもやはり」「そういうことで」「なんとまあ」「それはそうと」等々。このさり気なくも奥深い「さても」が句の眼目。日暮れを真っ先に感受したのは膝頭であるから、作者は座っていたのだろう。自ずと静かな夕べが立ち現われてくる。夏至の日暮れは遅い。それでもふと気づいたらしっかり暮れていたではないか……。少し冷えた膝頭に手を置いて、そんな感慨に浸っている。いかにも日本の夏至である。情景を一通りイメージすれば、「さても」の意味は後からついてくるというもの。「さても」は上質な諧謔であり、先に挙げたすべての意味を含蓄している。

白ダリヤ夏至の庭より剪りて挿す　　水原秋櫻子

庭に咲いた白いダリアを剪って部屋に飾った。時間のことには一切触れていないが、「白ダリヤ」が白昼を連想させる。ダリアは品種が多く、大きさや花の形状も様々だが、掲句の場合は大輪のダリア一本としたい。どの花びらも遍《あまね》く夏至の日を受けたダリアは、部屋中に日の匂いとエネルギーを充満させたことだろう。また一本の白いダリアが剪り取られる直前まであった庭と、そこに咲くあまたの花を想起させ、夏至の庭の様子をパラレル・ワールドのように室内に繰り広げる。

ところで、ナポレオン一世の妃ジョゼフィーヌが無類の薔薇好きであったことは有名だが、薔薇と同じくらいダリアを愛好したことは意外に知られていない。ナポレオンとの間に嫡子を産めないことを理由に離縁されたジョゼフィーヌが、余生を一人送ったパリ郊外のシャトー・マルメゾン。ジョゼフィーヌはここで薔薇やダリアをはじめ珍しい植物を世界中から取り寄せて栽培し、度々客人を招いて園遊会を催した。彼女をダリアに喩えれば、大輪の白がふさわしい。周りに乱れ咲く多彩な花の一切を拒んで染まることがない。白ダリアが受容するのは日の光のみだ。

二〇一〇年文化庁の「文化交流使」としてパリへ旅立つ直前、俳人の故原田青児先生から一通の手紙をいただいた。そこにはパリへ行ったら必ずシャトー・マルメゾンを訪ねるよう、そしてジョゼフィーヌが佇んだであろう窓辺から庭の薔薇を眺めるようにと書かれていた。渡仏から間もない六月、原田先生の言葉通りにシャトー・マルメゾンを訪ねた。一階の部屋の窓から庭園を望むと、薔薇を中心にとりどりの花が咲き誇っていた。植物学者を雇い、収集した薔薇を人工交配させて新種を育て、二五〇種もの薔薇を栽培したジョゼフィーヌは、「近代薔薇の母」と称されている。彼女はなぜそこまで花に執したのだろう。気丈なジョゼフィーヌが、離婚式の折には娘に支えられてようやく立っていることができたという逸話を重ねると、百花繚乱の庭はむしろ痛々しく映った。

一八一五年、ワーテルローの戦いで敗れたナポレオンは、セントヘレナ島に幽閉されるまでの束の間に、シャトー・マルメゾンを訪れている。しかしジョゼフィーヌはその前年、薔薇とダリアの盛りに帰らぬ人となっていた。

11 小《しょう》暑《しょ》

小暑は夏至の後十五日目、新暦では七月七日頃に当たる。この日から暑中に入り、梅雨明けも近づく。七月の七十二候の初候は「温風至《おんぷういたる》」（七月七日～十一日）。熱気を帯びた南風が吹くと積乱雲が生じやすく、いよいよ本格的な夏が到来する。

東北地方の樺細工を生産する地域では、ちょうどこの時期、材料になる山桜の皮を採る。厳しい寒さや雪に耐えて育った山桜は、美しい樺細工になるという。樺細工で有名な岩手のある集落の熊にまつわる話を聞いた。七月初旬、桜の皮を採りに里人が山に入ると、熊の親子の姿をよく見かけるのだそうだ。野苺が実るこの頃、子別れの時期を迎えた母熊が、野苺の群生する場所へ子熊を連れて行く。子熊が苺を夢中になって食べている間に、母熊はそっと離れていく。永遠の別れだ。そうと知っていて立ち去る母熊の思いはいかばかりだろう。野苺を食べ尽くし、子熊が振り向くとそこにもう母熊はいない。どんなに呼んでも母熊は決して姿を現さない。これからは自分の力で生きていかなくてはいけないのだ。

甘い野苺は親から子への最後の贈り物だ。自然界の厳しい営みのなかに、人の世にも通ずる親子の情愛を感じ取り、いつしか里人は「苺離れ」と呼ぶようになった。秋田や奥会津などのマタギは「苺落し」と呼ぶ。「苺離れ」「苺落し」には、熊を見守る村人のあたたかい眼差と万感の思いが感じられる。そうやって人々は熊と一定の距離を保ちつつ、敬意を以て付き合ってきたのだ。言葉は凝縮された文化のひと雫である。

マタギが少なくなったこと、動物愛護の声が高まってきたことで、最近では熊猟が激減している。その結果、熊が増えて人里にまで出没するようになり、以前は保たれていた人と熊の均衡が危うくなっている。「苺離れ」という美しい言葉を、私たちは次の世代に残すことが出来るだろうか。

空梅雨のあけて降りそむ小暑かな　　吉田ひで女

肩透かしを喰ったように梅雨に雨が少なかった。ところが梅雨が明けた途端に、雨が降り出したというのだ。いかにも小暑の頃のはっきりしない空模様だ。俳味に富んだ一句だが、川柳と一線を画するのは、下五の〝切字〟の効果。また上五から中七にかけての小唄のような心地よい調べの後に間が生まれている。その間合いに、梅雨明けの頃の湿潤な空気感と情趣が提示され、読者はワープするように小暑の季節にまぎれていく。

小暑かな佃煮選ぶ佃島　田中風見子

東京のウォーターフロントとして再開発され高層ビルが立ち並ぶ佃島。その中に縦横に延びる細い路地や小船が舫われた船溜まりなど下町の風情を残す一角がある。佃島は江戸時代初期、大坂の陣で徳川を助けた摂津国佃村の漁師たちが家康に呼び寄せられ、隅田川河口の干潟を拝領して造成し、出身地の地名から佃島と名づけたのが始まりだという。江戸前の小さな雑魚を調味料で煮つめた惣菜は佃煮と呼ばれ、保存がきくため土産物として重宝されて、江戸名物として全国に知られるようになった。

掲句は佃島に今も残る老舗佃煮店での一齣だろう。飴色に炊き上がった佃煮。路地には佃煮の甘い香りと東京湾の潮の香が入り雑じっている。「佃煮選ぶ佃島」と「佃」の繰り返しが軽妙だ。店の佇まいも店主とのやりとりも、下町情緒を残す。

塩壺の白きを磨く小暑かな　山西雅子

「厨俳句」という言葉があった。女性が多くの時間を厨で過ごしていた時代、彼女たちは厨でいきいきと俳句を詠んだ。旬の野菜や魚の色艶、米を研ぐ水の冷たさ、煮炊きの湯気や匂いに季節の到来を見出し、日々の悲喜こもごもを詠んだ。田畑で、台所で、〝女性が輝く〟場所はさまざまだ。

塩壺は塩と同じ白い容器だ。壺についた汚れをきびきびと拭き取り磨き上げている。日常の何気ない断片に季節の推移をいち早く感受し、一句に結ぶ。「塩壺」「白き」「小暑」と、「し」で頭韻を踏み、清潔感を生んでいる。

鰥夫の字小暑なにやらなまぐさし　　能村登四郎

鰥夫《やもお》は「寡男」とも書くが、「鰥夫」の方は確かに生臭い感じがする。〝男鰥に蛆がわき〟そうだ。語源に、「やも」は独りで家を守る「家守」の意とする説がある。また「鰥」という字の旁は「涙」の象形で、妻を失った男の侘しさが一字に滲む。掲句の特徴は「鰥夫」の視覚的なインパクトと、不協和音のような調べにある。この二つの特徴の上にこそ、「なまぐさし」が実感として立ち上がってくる。

12 大暑《たいしょ》

大暑は旧暦六月の節で、新暦では七月二十三、四日頃。梅雨も概ね明けて夏の絶頂期を迎える。大暑の初候は「桐始結花《きりはじめてはなをむすぶ》」、次候は「土潤溽暑《つちうるおいてじょくしょす》」、末候は「大雨時行《たいうときどきおこなう》」。時折夕立が激しく降る。この頃暑さも峠となり、「極暑」「猛暑」「酷暑」「劫暑」「炎暑」「溽暑」など暑さにまつわる季題が並ぶ。立秋前の十八日を夏の土用と言い、初日は「土用の入」と呼ぶ。「土用の丑の日」は一年で一番暑い日として、昔から鰻を食したり、灸を据えたりする。

「夏越の祓」（名越の祓・御祓）は旧暦六月晦日に行う神事で、半年間の穢れを形代に託して水に流し、茅の輪をくぐって疫病や禍を祓う。京都では夏越の祓（新暦六月三十日）に「水無月」という菓子を食べる習慣がある。三角形の板状の白い外郎に小豆を載せたものだが、小豆には、赤い色が邪気を追い払うという意味がある。また白い外郎は氷片を表している。京都では六月も終わりに近づくと、和菓子屋の店先に「水無月あります」の札が貼り出される。水無月を食べ、祇園囃子が聞こえてくると、京都に本格的な夏が到来する。

さて、『徒然草』に「家の作りやうは、夏をむねとすべし」とあるように、京都の町家は夏向きに建てられている。冬の底冷えより、夏の暑さをどうやって凌ぐかが優先されているのだ。文化芸術とは、人が過酷な環境を生き抜くために知恵を凝らした創意工夫に美意識が加えられ、長い歳月をかけて風土に育まれるものだが、暑くなればなるほどつまり過酷になればなるほど、京都はその本領を発揮する。六月に入ると町家ではまず「衣更《ころもがえ》」ならぬ「建具替え」が行われる。襖や障子は御簾や葭戸に入れ替えられ、畳の上には籐筵などが敷かれる。料理屋では、川に張り出して桟敷を組んだ「川床」が造られ、夏の風物詩となっている。京都の人は日に何度でも水を打つ。水を打ったばかりの路地はいかにも清々しく涼しげで、ひと時暑さを忘れる。四季の移ろいと共に日々を丁寧に暮らす京都の人々。都の時間の堆積は、こんなところにも密やかにある。

七月の丸一カ月間を費やして行われる祇園祭。そのハイライトは三十三基の山鉾巡行だ。中京・下京の各町に伝わる山鉾を飾る懸装品は、円山応挙、尾形光琳、与謝蕪村、松村呉春といった一流の絵師による絵画や織物（下絵）、十六世紀のベルギー製タペストリーなど絢爛豪華。中でも鯉山のタペストリーは、伊達政宗の命で渡欧した支倉常長がローマ法王から拝領したものの一部とされ、歴史的にも興味深い。山鉾巡行は「動く美術館」とも称される。一方「静の美術館」と言われるのは宵山の「屏風祭」だ。各旧家が蔵する屏風や美術品を出して飾り、一般に公開する。屏風祭は美術品と共に、夏向けに「建具替え」された町家の内を拝見する貴重な機会でもある。磨き込まれた柱や濡れ縁、古い調度品が薄明りに艶を帯びて浮かび上がる。祇園囃子を遠くに、中庭では棕櫚竹が風にそよいで、「涼」を控えめに演出する。

「物を必ず一具にととのへんとするは、つたなき者のする事なり。不具なるこそよけれ」（『徒然草』）。吉田兼好は家の設えについて弘融僧都の言葉を引きながら、「すべて、何も皆、事のととのほりたるは、あしき事なり（何もかも整えてしまうのは悪いことだ）」と述べている。プロのコーディネーターに最初からすべて任せ切るのでは主の顔も趣向も見えない。どこか不揃いであったり、欠けていたりするところに趣致が生まれ、「涼」もそういうところに誘《いざな》われるのだろう。そんな塩梅を京都の人はよく知っている。

町家には、より住みやすく、より美しくと代々手を入れ続けてきた主や職人たちの粋《すい》がそこかしこに滲んでいる。そしてこれからも「不具」のところを少し残しながら次の代へと引き継がれていくのだろう。

轆轤蹴り大暑の軸を廻しをり　　沢木欣一

やきものを作るため蹴轆轤《けろくろ》の前に座った。練り上げた陶土を轆轤台に置き、まさに土殺しの作業に入ったところか。轆轤での作業はこの後成形、削りと続く。大暑の最中、工房の中も茹だるような暑さに違いない。しかし轆轤を蹴った瞬間から暑さは忘れて、陶土の中に吸い込まれていくように神経が集中する。その集中の陶土の芯を「大暑の軸」と大きく捉え直し、入れ子構造のごとくに組み上げた。大暑の軸がすなわち一句の軸でもある。軸を据えたことで、どこにいても逃れようのない暑さに日本列島が覆われていることが伝わってくる。まさに「大暑」だ。

朝よりの大暑の箸をそろへおく　　長谷川素逝

掲句の「大暑」は節気のそれよりむしろ実際の暑さの方に重心が置かれている。早朝から気温も湿度も上がり、酷熱の日となった。しかし朝食の卓にきれいに揃え置かれた箸には、一抹の涼が生まれている。間もなく膳が整い、家族の顔も揃うだろう。開け放たれた窓からは朝蟬の声が聞こえてくる。卓に満ちていく生活の音。すべてが盛夏のなかにある。「大暑」を詠っているのに、同時に余白に「涼」が紡がれている。「箸をそろへおく」という行為の一点に、涼は立つのだ。一日の始まりの心の涼でもある。

蓋あけし如く極暑の来りけり　　星野立子

梅雨明けと共に一気に本格的な暑さとなった。まるで煮炊きしている鍋の蓋を開けたかのように、熱気が溢れ出し町中に立ち込めている。何と楽しい比喩だろう。「蓋あけし如く」は台所に立つ女性ならではの実感であり、機知ではなく身体感覚で捉えた諧謔である。柔軟な発想と伸びやかな詠いぶりは立子俳句の真骨頂である。

昭和三年七月二十四日

芥川龍之介佛大暑かな　　久保田万太郎

前年の七月二十四日に自死した芥川龍之介への追悼句である。大正十二年九月、関東大震災で浅草北三筋町を焼け出された万太郎は、十一月に日暮里渡辺町に移り住んだ。隣町の田端に芥川龍之介が暮らしていたことから二人は急速に親交を深める。龍之介は東京府立第三中学校時代万太郎の二学年下にいた。小説『朝顔』で文壇に華々しくデビューし、一度は俳句から遠ざかっていた万太郎の俳句への情熱を再燃させたのは、我鬼と号して句作していた龍之介の存在であった。芥川は万太郎の初句集『道芝』に序文を寄せ、「東京の生んだ〝嘆かひ〟の発句」と評している。龍之介が自殺を図ったのはこの序を書いてから僅か三カ月後のことだ。龍之介の死は万太郎にとってあまたの言葉を尽くしても表現出来ないほどの「衝撃」であったに違いない。それが一年後に「大暑」として句に顕われている。俳句は抒情詩であると標榜し実践した万太郎だが、一句は多くを語らず、「大暑」にすべてを凝縮させている。「大暑」は龍之介の忌日であり、巡りくる節気であり、実際の暑さであり、万太郎の無言の激白である。俳句は美しい刺繡の「ぬいとり」のようなもの。どんな場合でも感情を露出することは罪悪――という持論を貫いた万太郎だが、句の裏側には「ぬいとりの裏地のごとく」様々な感情の糸が複雑に絡み合う。「〝影〟あってこその〝形〟……便宜、これを、俳句の上に移して、〝影〟とは畢竟〝餘情〟であるとわたくしはいひたいのである。そして〝餘情〟なくして俳句は存在しない……俳句の生命はひとへにかゝつて〝餘情〟にある…」(「春燈」第四号「選後に」より)。大暑の〝影〟は濃い。

破調

兎も片耳垂るる大暑かな

芥川龍之介

13 立秋《りっしゅう》

立秋は旧暦七月の節で、新暦の八月七日、八日頃。まだまだ暑さ厳しい最中に、暦の上では秋が立つ。しかし立秋と思えば、空の高さや雲の形、微かな虫の声などに秋の気配を捉えることができる。立秋の初候は「涼風至《りょうふういたる》」。暑いとはいえ朝夕には涼風も立つようになり、周辺の佇まいも真夏とはどこか違って見えてくる。

けさ秋や瘧の落ちたやうな空　　小林一茶

すっきりと気持ちよく晴れ上がった立秋の朝空を、瘧《おこり》が落ちた後のようだと喩えた。掲句は文政二年、一茶五十七歳の折の句。母を亡くし孤独だった幼少期。折り合いの悪かった継母から逃れるように、或は追われるように江戸へ奉公に出た青年期。俳諧修業に励むも、「椋鳥（農閑期に江戸へ出稼ぎに行き、春に帰国する信濃者を嘲っていう）」と蔑まれ、最後まで馴染むことの出来なかった江戸での生活。実父亡き後は、継母や義弟と十年以上にも亘って遺産相続で争うなど、一茶の半生は心の安らぐ暇がなかった。しかし相続問題も決着し江戸から故郷の信濃に戻ると、一茶は五十二歳にしてようやく妻帯する。二年後に授かった第一子の千太郎はわずか一カ月で夭逝するが、その翌年の文政元年五月、長女さとが誕生する。「目出度さもちう位なりおらが春」は、文政二年正月の作。ようやく訪れた遅い春は「ちう位」だと言い、しかしそれで十分だと相好を崩す一茶である。そんな風に自身を客観的に見つめ、余裕を以て詠うことが出来るようになったのもさとの存在ゆえだろう。元旦には「這へ笑へ二つになるぞけさからは」と詠み、さとの成長を手放しで喜んでいた。ところが、二歳（満一歳）になって間もない六月、疱瘡が原因でさとが逝った。可愛い盛りのさとに先立たれた一茶の慟哭は察するに余りある。しかし今日が立秋だと知って久しぶりに振り仰いだ空は、一点の濁りもない紺碧の空だった。俯いてばかりの一茶の心の向きを変えてくれたのは、立秋の空だったのだ。「瘧の落ちたやうな空」には、自らの言葉によって奮い立とうとする一茶の意思が見える。

　山田太一脚本のドラマに『今朝の秋』がある。笠智衆演ずる鉱造は、蓼科の山荘で一人隠遁生活を送っている。ある日、東京に暮らす一人息子の隆一（杉浦直樹）が末期ガンで余命幾ばくもないと嫁から連絡が入る。上京し病院を訪ねた鉱造は、死を覚り葛藤する隆一に蓼科へ行かないかと切り出す。密かに病院を抜け出した二人は、蓼科で最期の日々を送る。隆一「もう秋なんだねえ」／鉱造「まだ秋とはいわんだろう」／隆一「でも、とても秋の空気だな。蓼科の秋はいいからね。静かで――紅葉するとすごいよね。黄色い葉っぱがキラキラ光って、この庭も、枯葉がとめどなく、降るように落ちてきて、大好きだな」……。時に反発し、涙し、笑い、父子は空白の時間を埋めるかのように時を刻む。二十年前に出て行ったきりの鉱造の妻と、隆一の妻子も程なく蓼科に駆けつけた。離れ離れだった家族が久しぶりに揃い、短い夏を送る。手花火、西瓜、夏みかん、蜩の声……。あたりまえのようにある日常の瞬間が、決してあたりまえでないことを、ドラマは静かに訴え続ける。家族の笑い声に包まれて隆一は夏の終わりと共に旅立った。再び散りぢりになっていく家族。蓼科に一人残された老父に、美しい秋が立つ。

さと、隆一共に逆縁の話である。煩悶の朱夏を経て、命は季節の衰えと共に細り、潰《つ》える。そして残された者に、ある日ふっと秋が立つ。「新たな一歩を踏み出していいのだよ」。……立秋の澄み切った空は、死者から残された人への、慈愛に満ちた無言の促しである。

地球儀の地軸斜めに今朝の秋

椿《いつきしま》 文恵

斜めの地軸に貫かれた地球儀が、昨日までとは少し違う「今朝の秋」の空気を纏っている。地球儀には青い海の中に色分けされた国が犇めく。中七「に」の軽い〝切れ〟によって一抹の涼と静寂が生まれている。日本に四季があるのは地軸の傾きのお陰だが、そんな理屈でこの句を解釈しては野暮になる。読者はまず斜めに傾いた地球儀を思い描き、そこに到来した立秋の空気の手触りを味わえばよいのだ。

秋立つと膝で抑へて竹細工

長谷川双魚

勢いよく撥ねる竹を編むには、指先だけでなく全身を使うのだろう。膝で抑え、言うことをきかない竹を宥めながら編んでいく。一本一本癖の違う竹を扱うには、力もさることながら長年の経験がものを言う。竹が擦れる音や撥ねる音にも立秋の気配が及び、匂うようだ。「秋立つと」の大らかな詠い出しに、竹の力強さ、職人のきびきびした動き、物づくりの喜びなどが余さず引き出されている。

仮縫の針全身に秋立てり　　保坂リエ

注文しておいた服が仮縫いの時を迎えた。本縫いを前に体型に合わせ、さらに服がぴたりと身体に添うように針を微妙に調整しながら留めていく。フィッティングルームの大きな鏡に映った姿は全身針だらけだ。

余談だが、結婚式を控えた花嫁は痩せることが多く、ウエディングドレスの仮縫いを何度もするという話を聞いた。一生に一度の花嫁姿であれば、最高の状態で当日を迎えるようにと仮縫いもより入念になるのだろう。既製服では味わうことのできない華やぎと心地よい緊張感が「秋立てり」に表白されている。

14 処暑《しょしょ》

処暑は旧暦七月の節で、新暦では八月二十三日頃。「処」は「おさめる」という意味で、暑さも落ち着き、一雨ごとに秋に向かっていく。蜩がしきりに鳴くのもこの頃。処暑の初候は「綿柎開《めんぶひらく》」、次候は「天地始粛《てんちはじめてしゅくす》」、末候が「禾乃登《くわすなわちみのる》」。「柎」とは萼《がく》のことだが、この場合は綿の実（綿花）を包む殻をさす。綿は七月にクリーム色の葵に似た大輪の花を咲かせ、処暑を過ぎた頃から実が弾けて、白い綿花（種子塊）を露出する。また、九月に入ると穀物が実りはじめるが、二百十日（九月一日頃）の前後は台風が多いことから、農業従事者は「厄日」として警戒してきた。「稲妻」は稲の夫の意で、稲が実る頃に多く発生するため、これを受けて稲が穂を孕むと信じられていた。稲にまつわる言葉の一つ一つには、米に感謝し祈願しながら命をつないできた先人たちの深い信仰心が窺える。

京都に仕事部屋を持っていた時期があるが、京都の魅力は神社仏閣などの名所もさることなから、路地にあると思っている。路地を歩いているとまず気が付くのが数百メートル置きに祀られたお地蔵さまだ。格子扉を閉ざした小さな祠に一体もしくは二体一組で祀られ、季節の花などが供えられている。後者は道祖神信仰と結びついたものだという。顔に彩色が施されているのも特徴で、化粧地蔵と呼ぶ。地蔵菩薩は子供を守る仏で縁日が二十四日のことから、京都では八月のお盆の後の縁日、まさに処暑の頃に各地域で「地蔵盆」を行う。子供の成長や家内安全を祈る行事だ。祇園町の地蔵盆に招かれたことがある。茶屋が並ぶ細い路地に祀られているお地蔵様はきれいに化粧直し（彩色）され、真新しい前掛けをつけていた。扉が開けられた祠には提灯が飾られ、供華の他に果物や菓子が所狭しと並べられている。祠の前に組まれた桟敷の上では子供たちが輪になって座り、僧侶による読経に合わせて大数珠を順に繰っていく「数珠回し」が行われた。数珠回しの後は福引やゲームなどの遊びが用意されていて、まさに子供が主役の行事であった。

地蔵盆は、江戸時代までは「地蔵祭」「地蔵会《じぞうえ》」とされていたが、明治以降に盆行事の一つとなった。地蔵会はかつての地域コミュニティの最小単位であったのだろう。子供を中心に人々は助け合い、疫病や天災、火事などから身を守って暮らしてきたのだ。明治初期の廃仏毀釈で京都では多くの地蔵菩薩が撤去されたが、運動が沈静化した中期以降に住民が自主的に土中などから地蔵を掘り出して地蔵盆を再興。今日に至っている。

処暑なりと熱き番茶を貰ひけり　草間時彦

所望したのは熱い番茶だった。暑さもようやく峠を越え、ほっと一息つける季節に向かいはじめた。一碗の熱い番茶は喉の渇きを潤しただけでなく、ある種の機微をもたらしたのだ。ところでこの句、冷たい麦茶や熱い煎茶ではどうもしっくりこない。「熱き番茶」がぴたりと嵌まるのは、「処暑」なればこそ。まさに「処暑なりと」なのだ。そこに理屈はない。理屈を超えた感覚である。俳句の中に生きる言葉は、意味によって支えられているのではなく、質感によって支えられていることか、この句を通して諒解し得よう。「けり」の〝切れ〟が、心地よい風を一句に招き入れる。

処暑の月路地にあがりし風呂帰り　菖蒲あや

働いて一日の汗を落とし、銭湯帰りに仰いだ処暑の月。昼間の残暑はどこかへ消え去り、路地には涼風が吹いていたことだろう。菖蒲あやは、大正十三年に京島（現墨田区）に生まれた。幼い頃実母を亡くし、父は酒に溺れて収入がなく、赤貧の幼少期を送った。尋常小学校卒業後、工場勤めを始めたあやは職場の句会で岸風三楼に出会い師事、作句を始める。それからは八十一歳で亡くなるまで、自身の生い立ちや下町での暮らしをいきいきと俳句に詠み、「路地裏の俳人」と称された。

蝶来たり路地の奥より産声す
年金が出て蚕豆のはしり買ふ
雪降ると路地は早寝の灯を消しぬ

生涯を一人下町の路地に暮らした作者だが、どの句にも自足があり、幸せにはそれぞれの尺度があることをあらためて考えさせる。また下町で懸命に生きる人々を見つめるあやの眼差はあたたかく、母性に溢れている。四季折々の路地に、日常の瑣事に生きる喜びを見出したのは天性の資質であり、その資質が俳句という形式に見事に合致したということだろう。路地に上がった月も涼風も、運命を肯《うべな》う生への揺るぎない態度と、柔らかい心が紡ぎ出したものである。

生れてすぐ風を呼びたる処暑の雲　　片倉光宏

地上は残暑の只中にあっても、空や山河は処暑を迎え初秋の気が満ちている。夏から秋へと移り変わる頃の空を「行合《ゆきあい》の空」という。空では二つの季節が出会い、交錯しているのだ。生れたての純白の片雲が吹かれて流れゆく様子を、「雲が風を呼んだ」と把握した。雲と風の呼応は即ち作者と処暑の雲の呼応であり、万物の気息そのものである。寺田寅彦は季語を「主観を託すだけの強度のある圧縮された言葉」としたが、「処暑の雲」は作者の主観の一切を負うにふさわしい格を持つ。俳句は激越を嫌い、寡黙に適う。

15 白露《はくろ》

白露は旧暦八月の節で、新暦の九月七日か八日に当たる。立秋から一カ月、ようやく本格的な秋が訪れる。九月初旬はいまだ残暑厳しいが、野山では薄紅葉がはじまり、草葉は深夜から早朝に露を結ぶ。白露の初候は「草露白《そうろしろし》」。節気とは別に、季語「露」の美称として「白露《しらつゆ》」がある。露は日が昇るとたちまち蒸発し消えてしまうことから、儚いものの象徴とされてきた。「白露も夢もこの世もまぼろしもたとへていへば久しかりけり」(『後拾遺和歌集』)。「白露」と並んで儚いものは「夢」「この世」「まぼろし」。しかしひと時の逢瀬に比べれば、それらも永遠に匹敵すると和泉式部は嘆く。かくて千年前の淡い逢瀬は一粒の露となり、言の葉に永遠に留められた。

ひとつづつ山暮れてゆく白露かな　　黛　執

夏から秋へ、まだ釣瓶落しには少し早い「白露」の夕暮である。

夏には炎ゆる日を沈めて霞みながら暮れていった山々も、秋の澄んだ大気のなかではそれぞれの姿を鮮明に浮かび上がらせて、遠い方から順に暮れていくのだ。擬人法は使っていないが、山と山が声を掛け合いながら暮れていくかのようだ。山と人の間に通い合う白露の頃の感慨があり、起き伏しに山を望み、山と親しむ作者の暮らしぶりが見えてくる。再読して鑑賞が深まると、「ひとつづつ」暮れてゆく山々の景に人の世が重なり、あらたな感動が湧き上がる。

掲句、中学校の国語の教科書に収録されている。

水底に草そよぎゐる白露かな　　高木璎子

風にそよいでいるかのように、水の中で草がそよいでいる。そう把握するには、水が透明に澄んでいなくてはならない。緑鮮やかな水草がひるがえるたびに、水の清らかさが際立ち、涼を育んだに違いない。水底の世界にも「白露」の季節感が及んでいるのだという発見。しかし一句の眼目は発見に留まらない。中七ののびやかな表現と下五の〝切れ〟により、水の清冽さや白露の秋気が存分に示されている。

人悼む筆を起こせし白露かな　　山田弘子

追悼文か或は手紙か、昂る感情を抑え言葉にするには時間がかかる。ようやく筆を起こしたのは涼風が吹く頃になってからのこと。季節の推移が心の機微に沿う。「白露」が白露《しらつゆ》を連想させ、無常観が句の芯に据えられている。

舟唄の闇に溶けゆく白露かな　　十代目坂東三津五郎

二〇一二年初秋の作。この年の八月、三津五郎丈は井上ひさし原作の『芭蕉通夜舟』こまつ座公演に一カ月間出演。ほぼ一人芝居のこの舞台で、俳聖芭蕉を演じた。歌仙仕立てで構成される芝居は、芭蕉が俳諧革新のために半生を捧げ懊悩する姿を描く。私情を捨て俗から脱するために旅に出た芭蕉は、途上で出会った捨て子にこう言ってきかせる。「おじさんは俳諧という何の役にも立たぬ絵空事に命を賭けて旅をしている人間なんですよ。……したがって現実とかかわり合う資格がない。……その証拠におじさんは批評の仕事をきっぱりやめました。批評をすれば〝他者〟という現実とかかわることになるからです」。働くことも、あたたかい家庭を持つことも、安々のんのんな暮らしもすべて諦めて捨てた。

微かに現実とすれ違うのは、米や金がなくなって乞食のように物欲しそうな顔をするときだけだと自嘲する。やがて芭蕉は俳諧を高みへと引き上げていくのだが、同時に俳諧本来の大衆性を否定することになるという自己矛盾に陥る。煩悶の末に「高悟帰俗」に辿り着き、〝かるみ〟の発見に至ると、芝居はここで一気に幕切れへと向かう。

夜の淀川を漕ぎのぼる川舟。舟には芭蕉の亡骸とそれを囲むように高弟たちが乗っている。陽気に舟唄を唄いながら舟を漕ぐ船頭は、一人二役の三津五郎丈。「……お亡くなりになられたお方は、この日本でも五本指のうちに数えられる俳諧の大宗匠でいらっしゃったそうで……。あたしのたった一つの楽しみが前句付なものですから」。……と船頭は、句会で二百文稼いだ自身の句について滔々と語り始める。「俳諧のこつは、俗っぽく、ちょいとふざけて、目先きを変えての、この三つ……このこつを発明なさったのは、お江戸のなんとかいう大宗匠で、えーと、なんていいましたかな……」。船頭の無邪気な言葉は、芭蕉の孤独と葛藤を色濃くする。

終演後楽屋を訪ね「ラストシーンの余韻が深く、涙が出た」と伝えると、三津五郎さんは相好を崩した。「最後の場面は余白が多くて観客も役者も難しいんだよ。自分も俳句をやっていなければ、芭蕉の葛藤をどこまで理解できたか……」。舟唄が溶けてゆく闇は芭蕉の修羅であり、俳句という形式が抱える修羅でもある。しかし俳聖の胸中は涼しい。『芭蕉通夜舟』は二〇一四年十二月に再演が決まっていたが、闘病のために延期となり、明けた二月に氏は泉下の客となられた。

16　秋分《しゅうぶん》

秋分は旧暦八月の節で、新暦では九月二十三日頃。太陽の黄経が一八〇度に達し秋分点上に来た時で、太陽は真東から昇り、真西に沈む。春分と同様に昼と夜の長さがほぼ等しくなり、この日から夜が長くなって、秋の「夜長」が始まる。また、彼岸の中日に当たり、「暑さ寒さも彼岸まで」の言葉通り、残る暑さも秋分の頃にはほぼ収まり、新涼を実感できるようになる。秋分の初候は「雷乃収声《らいすなわちこえをおさし》」、次候は「蟄虫坏戸《ちつちゅうこをはいす》」、末候は「水始涸《みずはじめてかる》」。雷や稲妻の発生も少なくなり、美しい声で秋の夜を彩っていた虫たちもしだいに尽《すが》れていき、一部の虫や蛇などは地中に籠って入口を塞ぐ。実際に蛇が地中に入るのはもっと遅く晩秋だが、秋彼岸を過ぎてもまださまよっている蛇を「穴惑ひ」と呼ぶ。実態より主観が優先された季語だが、いかにも俳諧味がある。

嶺聳ちて秋分の闇に入る　　飯田龍太

山梨県南部、御坂山系の中腹にある作者の家（通称・山廬）からは、甲斐駒ケ岳や白根三山などが一望できるという。いずれも三千メートル級の峻峰だ。秋の大気の中、威容を明らかに屹立する山々。「秋分の闇」とは、これから冬に向かってひたすら長く深くなっていく闇である。まるでそのことを覚っているかのように、山々は居住まいを正し、闇と一つになっていく。

山々に闇充満し夏に入る
闇よりも山大いなる晩夏かな

いずれも同作者の「山」と「闇」を詠んだ句である。時系列順に見ていくと、夏のはじめには草木の生育と共に闇は山に息づき、やがて山を凌駕するばかりに膨張してゆく。しかし初夏の万緑のエネルギーはそれを宥《ゆる》さず、両者は拮抗する。晩夏になると山の生気はいよいよ絶頂に達し、闇を呑み込むかのように盛んになる。そして秋分の頃には、山の気の衰えと共に再び闇と山は均衡を取り戻す。日々山に暮らし、起き伏しに山を見続けてきたからこその把捉である。

秋分の日の音立てて甲斐の川　　廣瀬町子

「秋分の日」は国民の祝日。「祖先をうやまい、なくなった人々をしのぶ日」を趣旨とするのは、秋彼岸に因《よ》っているのだろう。

甲府盆地には釜無川、笛吹川、御勅使《みだい》川など大きな川が幾つも流れている。大地を潤す母なる川は、かつては氾濫で度々周辺の住人を苦しめてきた川でもあった。

十六世紀半ば、甲府に居館を移した武田信玄は城下町整備の一環として築堤を命じ、御勅使川と釜無川との合流地点に「霞堤」を造成した。「霞堤」は不連続の堤で、堤防のところどころに開口部があり、増水の折にはそこから遊水地に水が流れ込むようになっている。これによって堤への負荷を軽減し、決壊の危険性を少なくした。また、水位が下がれば水は直ちに開口部から排水される。氾濫によって運ばれた肥沃な土砂は農地で活用され、平時は開口部が田畑の排水路となった。信玄は堤だけでなく、御勅使川の流れの変更や増水時の分水による水量の調整、掘切の造成など様々な工夫をし、約二十年の歳月をかけて事業を完成させた。この堤は後に「信玄堤」と呼ばれるようになる。

さて掲句、山梨でも甲州でもなく、あえて「甲斐」と旧国名を用いたことで、読者のイマジネーションは甲斐の国の時代へと誘導される。さらにそのような背景を念頭に一句を読むと、風景の向こうに堆積された時間や歴史が立ち上がり、感動があらたになる。「秋出水」の季語があるように、秋は台風や集中豪雨が多い。しかし「信玄堤」のお陰で今はその心配もない。霞堤は高さを要しないため風景を遮ることもない。先人たちの知恵は合理的でありつつ自然に対してはあくまでも謙虚だ。川は心地よい音を立てながら甲斐の山々をつぶさに見せて流れている。音を立てて流れる川は写実であり、「甲斐の秋」の象徴でもあるのだ。同時に余白には、命がけでこの地を守り継承してきた祖先への尊崇が込められている。「秋分」ではなく、「秋分の日」とした作者の意図は明瞭である。

月天心貧しき町を通りけり　　与謝蕪村

陰暦八月十五日、名月の夜である。「天心」だからかなり夜更けてからのこと。すっかり寝静まった町を通りぬけていく蕪村。破れた木戸や屋根からは月光が漏れて、家の中に差し込んでいることだろう。貧しい町なのだ。人々は早朝から身を粉にして働き、眠り、また朝が来れば働かなくてはいけない。ひとときの安寧に月は光明のごとくに遍く降り注ぎ、町全体を抱《いだ》く。ここに蕪村の共感がある。絵画のような世界が句に繰り広げられる。周知の通り蕪村は俳人であり絵師でもあった。この風景に接した絵師の目が、言葉を紡がせたのだろう。逆に蕪村の絵からはいつも詩が聞こえてくる。

ところで、貧しき町を通りぬけて蕪村が向かったのはどこだったのだろう。若い頃は旅に生き、後半は京に定住した蕪村だが、生涯を通して故郷の毛馬村へ帰ることはなかった。蕪村の山水画の多くに道の途上が描かれ、その果てにある世界が暗示されているように、掲句にも密かに道の果てが暗示されている。

17 寒露《かんろ》

寒露は旧暦九月の節で、新暦の十月八、九日頃。秋の冷気もしだいに募り、露も半ば凍りかかる。天を仰げば北方から鳥が渡り、夜には月が煌々と照る。そんな秋の深まりのなか、天地のあわいにいる私たちには秋思《しゅうし》が起こる。「もののあはれは秋ぞまされる」である。（『拾遺和歌集』より）

青く澄み渡った空と錦繍《きんしゅう》の山々。水は清冽で、野には秋の草花が咲き乱れる。冬の到来にはいささか間があり、紅葉の中に青葉さえ残っているのが寒露の頃。しかし束の間の栄耀には免れ難い生命の衰頽が萌芽されている。額田王がかの「春秋優劣判別歌」で、春の山より秋の山に軍配を上げた理由は、まさにこの逆説的な美「そこし恨めし」にある。その先に厳然と待ち受ける冬帝あらばこそ、紅葉もいよよ眩しく、青葉に憐れさえ感じられるのだ。

静岡浅間神社

玉砂利の玉の音踏む寒露かな　上田五千石

静岡浅間神社は通称「おせんげんさん」と呼ばれ地元の人々の信仰を集める。参道を行くと、秋の澄み切った大気に玉砂利の音が響く。自らが立てる音によって心身が浄められ、神へのアプローチが始まるのだ。「玉」は「玉垣」「玉井」など名詞に付いて、美しいもの尊いものとして褒め称える意を表す。「玉砂利」と一言で括っている言葉を分解し、「玉」の部分に光を当てた。知に傾き過ぎず、リアリティと説得力を持つのは、「寒露」の働きである。

二〇一三年の秋、伊勢神宮では二十年に一度の式年遷宮が行われた。遷宮では八年の歳月をかけて様々な祭事や儀式が執り行われ、社殿や神宝、神官の装束などが一新される。そこには、四季の移ろいの中で命が循環する瑞穂の国の「常若」の思想がある。十月二日、内宮の「遷御の儀」(新しい正殿にご神体を遷す儀式)が行われる日に伊勢を訪ねた。境内を流れる五十鈴川も空も澄みを尽くして、神様が御遷りになるのをじっと待っているかのようだった。同氏の「これ以上澄みなば水の傷つかむ」がしきりに思い出された。純度のピークで「遷御の儀」は行われるのだ。
式年遷宮は六九〇年に始まってから一部例外を除いて毎回ほぼ同時期に行われている。そもそも初穂を天照大御神に奉納する神嘗祭に由来することから秋の収穫期に行われるのだが、天地が澄みを極め清浄感が横溢する季節に重なることも偶然ではないように思う。

一鳥の影の素早き寒露かな　　ながさく清江

渡ってきたばかりの鳥だろうか。一羽の鳥が視界をさっと過った。そのきびきびした動きに秋の深まりを覚ったのだ。一瞬の感応である。鳥の種類を限定せず、さらに影のみを提示することで、読者の意識はモチーフに集中する。周囲の情景を仔細に知る必要はない。時間的な経緯も要らない。鳥の影によって喚起された情趣こそが、掲句の核なのだから。下五の〝切れ〟によって秋の透明感と清々しさが余情として広がる。

しなしなと島の沢庵寒露過ぐ　　吉田鴻司

島特産の沢庵は、昔ながらの素朴な味がする。じっくりと天日干しした大根はしなやかな歯ごたえがあり、噛めば噛むほど旨みが出る。島泊りの夜、宿で出された沢庵は塩を多めに時間をかけて漬け込んだひね沢庵だった。 人旅に違いない。波音を聴きながら、手酌で酒を傾ける。さもなければ寒露の一日が過ぎたという感慨は湧き起ってはこないだろう。「しなしな」は沢庵の歯ごたえであり、寒露の夜の気分でもあるのだ。小さな島の宿での独酌吟と思えば、一句もまた噛めば噛むほど深い味わいが出てくるものだ。

ヴェルレーヌの「秋の歌」は、上田敏の名訳「落葉」によって日本人には最も馴染み深いフランス詩となった。鈍色一色となるパリの冬を一度でも経験したら、秋の心持は憂愁に染まる。ところで、この詩にまつわるエピソードを知った。第二次世界大戦下のノルマンディー上陸作戦の暗号に使われていたというのだ。イギリスBBC放送のラジオロンドンは、フランスにいる同志に向けた放送の中で「秋の歌」の冒頭の一節を前半・後半に分けて、作戦の決行の暗号として放送した。 九四四年六月一日、まずは前半部分が放送された。「秋の日の　ヴィオロンの　ためいきの」。近いうちに作戦が実行されるという合図だ。そして同月五日の夜、後半部分が放送されると、史上最大規模の上陸作戦の火ぶたが切られた。命がけで作戦に参加した同志たちは、その夜どんな思いで「秋の歌」を聴いただろう。「身にしみて　ひたぶるに　うら悲し」。

18 霜降《そうこう》

霜降は旧暦九月の節で、新暦の十月二十三日頃。初候は「霜始降《しもはじめてふる》」で、朝露が結んで初めて霜が降りるという意味だが、実際に初霜が降りるのは、北海道を除いては十一月も半ばを過ぎてからが多い。次候は「霎時施《しぐれときどきほどこす》」、末候は「楓蔦黄《ふうかつきなり》」。霎はしばし降る小雨のこと。この季節に降る雨を「八入《やしお》の雨」と呼ぶ。「入」は染汁に浸す回数のことで、「八入」とは幾度も染汁に浸して濃く染めること。雨が降る度に木々の葉が色づいていく様を喩えた。十一月の声を聞くと楓や蔦も色づきはじめ、秋は一段と深まる。

二〇一四年の霜降の頃、岐阜県の多治見に陶工の加藤孝造さんを訪ねた。氏は志野焼の作家として有名だが、故荒川豊蔵によって復活された瀬戸黒を継承。二〇一〇年に瀬戸黒の技法で人間国宝に認定された。瀬戸黒は、窯内の温度が一二〇〇度に達し釉薬が溶けたのを見計らって器を炎から引き出し、一気に水に浸けて冷却する。ゆえに「引出し黒」とも呼ばれる。まさに炎との格闘だ。

孝造さんに初めてお会いしたのは、二〇一三年、都内のデパートで催された個展だった。孝造さんは思っていたより小柄でもの静かな人だった。瀬戸黒の茶碗はどっしりと落ち着いて風格があり、傍らに佇む孝造さんを映していた。灼熱の炎が生み出した漆黒は上質な艶を帯び、月光に濡れる森の闇を思わせた。桃山時代の「美濃大釜」とほぼ同じ穴窯を多治見の山中に築き、作陶されていると言う。「いつか皆で伺ってもいいですか？」。以前から孝造さんを知る友人が尋ねると、氏は微笑んでゆっくり頷かれた。

霜降の陶ものつくる翁かな　　飯田蛇笏

翌年の十月、友人たちと孝造さんを訪ねた。

街より一足先に冬が到来し、すっかり紅葉が終わった小高い山の中腹に、工房はあった。ギャラリーを有するゲストハウスや母屋なども一帯の林の中に建っていた。車の音が聞こえたのか、枯葉が降る坂の上で孝造さんが手を振って迎えてくださった。新潟から移築したという立派な古民家のゲストハウスで、お心づくしの手料理や弟子の堀俊郎さんが打った蕎麦を地酒と共に振る舞っていただいた。器はもちろん孝造さんが焼いたものだ。「ここは真冬もいいんですよ。雪が積もると静かでね……」。

火入れを間近に控えた窯場は静まり返っていた。一度に焼くのは二百個ほど。そのうち作品として残るのは五、六個しかないと言う。少しでも気に入らないところがあれば直ちに割る。「残すと愛着が残るから」だそうだ。終始穏やかな表情を湛えていらっしゃるが、時折眼光が鋭く光る。昭和十年生まれ。大病も患った。以前は年四回窯に火を入れていたが、最近では年に二回になった。ひとたび窯に火が入れば窯出しまで不眠不休の作業が続く。「若いときは勇気があった。今は〝作りたい〟という強い思いがある」。残りの人生であと何回窯に火を入れられるのか、残された回数を計算するという。

さて蛇笏の句、「陶ものつくる」とはどの工程をさすのだろう。土練り、成形、或いは窯出しだろうか。晩秋の寒い朝を思わせる。孝造さんの工房なら、実際霜が降りる頃だろう。やや寒の引き締まった空気の中で土と親しみ、炎と格闘する翁である。

さて、岐阜県は飛騨地方の郷土料理に「朴葉味噌」がある。こちらは陶磁器の代わりに朴の落葉を器にして、味噌などをのせて焼いて食べる。飛騨地方には朴の木が多く自生するのだが、朴落葉は火に強く、焼くと良い香りが立つ。飛騨の冬は寒く、昔は凍ってしまった漬物を囲炉裏で炙るのに朴落葉を使った。味噌に混ぜて焼くといっそう美味しくなることから、朴葉味噌が誕生した。厳寒の地ならではの郷土料理だ。籠を背負って林に入り落葉を集める朴の落葉拾いは、晩秋に始まり十一月いっぱい続く。

あかあかと月の障子や亥の子餅　服部嵐翠

旧く宮中では旧暦十月最初の亥の日に中国伝来の「亥猪」の行事が行われていた。十月最初の亥の日の亥の刻（午後九時～十一時）に、その年の秋にとれた大豆、小豆、ささげ、ごま、栗、柿、糖などを混ぜ込んだ餅を食べると万病を除くとされ、また多産の猪にあやかって無病息災・子孫繁栄を祈る年中行事となった。この餅を「亥の子餅」と言い、かつては「亥の子餅」を贈り合う風習があった。また「亥」が五行の「水」に属するため、火伏せに繋がるという考えから、市中ではこの日の亥の刻に、火鉢や炬燵に火を入れたそうだ。皓々《こうこう》と月が上がっている。障子明りの中で、息災を願いつつ亥の子餅を食す作者。いよいよ冬の到来である。

19
立冬《りっとう》

立冬は旧暦十月の節で、新暦では十一月七、八日頃。この日から立春までが冬である。冬の季節風が吹きはじめ、日も短くなって日ざしも弱くなる。目に映る風景は晩秋の色が濃いが、季節は確実に冬へと移っている。

奥会津の自然や暮らし、その中から生まれた手仕事や伝統行事に魅了されて、ここ数年足繁く通っている。只見川に沿った山間に、ぽつりぽつりと日溜りのように点在する集落。新緑や紅葉の季節はもちろんだが、雪景色がまたいい。わけても私が好きなのは、晩秋から初冬にかけての奥会津だ。一たび雪が降れば五カ月間は雪に閉ざされた生活になる。初雪を前に、自然も人も諦め切ったような、悟り切ったような表情の奥会津である。

安住敦の名著『春夏秋冬帖』に「みしらず柿」というエッセイがある。二人の小学生の男子を持つ近所の家族に、年に一度だけ父親の国許からおばあさんが上京してくる。それは決まって運動会の前日だ。おばあさんは運動会を殊の外楽しみにしていて、当日は孫たちと同じ弁当を作ってもらい早々に学校へ出かけていく。ある年の運動会には家族のパン喰い競争に出場してなんと一等賞になったそうだ。運動会の後は数日滞在して、家族そろって東京見物に繰り出す。これがおばあさんにとっても一家にとっても無上の楽しみとなっている。東京見物が終わると、おばあさんはまた一人になって国許へ帰っていくという内容だ。上京の折に必ず携えてくる土産が風呂敷包いっぱいの「みしらず柿」だ。かくて安住先生の家にも毎年お裾分けがくるのだが、味が薄くて富有柿などとは比べものにならないと感想は芳しくない。「……しかし、それはいかにも国許の土産というのにふさわしい素朴さがあった」。

「みしらず柿」は、「身不知柿」と書く。そのどこか哀愁のある名前ゆえ、エッセイを読んで以来ずっと記憶の片隅にあった。それが会津地方の名産だと知ったのは、つい最近のことだ。晩秋から初冬にかけて、自らの重さで枝が折れてしまうほど〝身の程知らずに〟たわわに生るのでその名が付いたという。渋柿の渋を焼酎で抜いたさわし柿である。

　只見川の畔に美味しい郷土料理を出す贔屓の温泉宿がある。ある年の十一月に泊まった折、夕食にみしらず柿を使った一品が出された。ああ、これがかのみしらず柿か……。私は感慨深く口にした。ところが安住先生のエッセイとは違い、上品な甘さでこれが大変美味なのだ。地元では皇室献上の品として桐箱入りでやりとりされる高級品だ。おばあさんが風呂敷包に提げてくるみしらず柿と、桐の箱に収まったそれでは、だいぶんイメージが違う。よく聞けば、贈答用の柿は何度も摘果して間引くのだという。安住先生がいただいたのは、本当に枝が折れるほどたわわに実ったおばあさんの家の庭のみしらず柿だったに違いない。

年に一度の東京滞在も終わり、おばあさんが帰って行ったのは、蕭条《しょうじょう》とした晩秋の奥会津だったのか……。その後の約五カ月間をおばあさんは雪に埋れて暮らすのだ。そう思った途端、運動会も東京見物も風呂敷包いっぱいのみしらず柿も、一層きらきらと輝きを放ち始めるのだった。

今朝冬の路地に出てゐる竹箒　　奥名春江

立冬の朝、家を出ると近所の路地に竹箒が出ていた。箒の持ち主は誰なのか。これから路地を掃くのだろうか、或はもう済んだのか。句は前後の成り行きや作者との関係性を一切述べない。その潔さこそ、「今朝の冬」を見事に表象している。下五の〝名詞切れ〟も小気味よく、一本の竹箒がきりりと引き締まった立冬の朝を現出させて余りある。

白湯一椀しみじみと冬来たりけり　草間時彦

白湯が入った一椀を手に、冬の気配を実感している作者である。「しみじみと」は、「白湯一椀」にも「冬来たりけり」にも係り、冬を迎えた感慨が余白という余白に滲み出す。白湯はほのぼのと湯気を立てているだろう。作者の静ごころが立冬を感取し、白湯と共に味わっているのだ。こんなにも静かに立つ冬もある。

立冬の日はかるがると波の上　井口千枝子

夏のギラギラとした太陽とは違い、立冬の日は淡い。海は太平洋と思いたい。立冬の空と海はどこまでも青く透明度を増す一方で、どこか寂しさが揺蕩《たゆた》う。海の上ではなく「波の上」とすることで動きが出て、より風景が具体的に見え、波も日も立冬の精彩を放つ。眼前の景をありのままに写生しているようだが、「かるがると」という把握と形容は、まさに老練の技である。

20 小雪《しょうせつ》

小雪は旧暦十月の節で、新暦の十一月二十二、三日頃。北国では初雪の便りが聞かれる。初候は「虹蔵不見《にじかくれてみえず》」で、清明の末候「虹始見《にじはじめてあらわる》」に呼応する。次候は「朔風払葉《さくふうはをはらう》」。「朔風」は北風のことで、北風が吹くたびに木々は葉を落とす。「木枯」「凩《こがらし》」は、冬の初めに吹く北西寄りの強い風で、「木を吹き枯らす」または「木嵐」の意。末候は「橘始黄《たちばなはじめてきなり》」。蜜柑などの柑橘類が色づく。

十一月二十三日、古代から続く最も重要な祭儀である新嘗祭が行われる。天皇が新穀を天神地祇に供え、自らも共にこれを食し収穫を感謝する。新嘗の語源は「新饗《にいあえ》」で、古くは陰暦十一月の中の卯の日に行っていた。ちょうどその頃は冬至に当たるため、新嘗祭の起源が冬至の祭であったとする説もある。冬至は太陽の力が最も衰え、同時に力を取り戻し始める日でもある。天照大神を祖神とする天皇が、収穫を祝い新穀に感謝を捧げて、新たな生命力を復活させる儀式であった。奈良時代以降、新嘗祭の翌日には「肆宴の節会」

が宮中で催された。『万葉集』には、天皇の詔に応えて貴族や官僚たちが賜宴で詠んだ歌が収められている。

誰そこの屋の戸押そぶる新嘗にわが背を遣りて斎ふこの戸を

（巻十四・三四六〇）

作者未詳の東歌である。古代は宮中だけでなく庶民も新嘗祭を行っていたようだ。この歌、万葉仮名では新嘗を「介布奈未」と表記「にふなみ」と方言になっている。神事の最中に女性を男性が訪ねるなど、庶民の暮らしに根付いた新嘗祭が生き生きと伝わってくる。新嘗祭を新暦の十一月二十三日に行うようになったのは明治六年の改暦以降で、終戦後に「勤労感謝の日」と改名された。

小雪の箸ひとひらの千枚漬　長谷川かな女

千枚漬は聖護院蕪を鉋で薄く切り、塩と昆布で漬けた京都の冬を代表する漬物だ。名詞と助詞だけで構成された句は平明で解説を要しない。真っ白な千枚漬の薄片に寒さと静寂が再生される。一句の正鵠は専ら言葉選びにある。「小雪」が「大雪」であっても、「ひとひら」が「一枚」であってもこの雅致は生まれない。もちろん漬物は「千枚漬」でなくてはならないし、その背景には冬の京師《けいし》がある。作者が黙した時、言葉は理屈を超えた濃厚なイメージを読者にもたらす。

春を待つことのはじめや酉の市　宝井其角

十一月の酉の日（もともとは陰暦十一月酉の日）は、鷲（大鳥・鳳）神社の祭礼で「酉の市」が立つ。東京では千束の大鷲神社が有名。新年の開運招福と商売繁盛を祈る。名物の「縁起熊手」は、幸運や財を「掻きこむ」という願いを込めて、宝船、松竹梅、鶴亀、大入り袋、稲穂、だるま等の縁起物が飾られる。熊手は年毎に一回り大きなものに買い替え値切るのが習いで、交渉成立後の威勢の良い手締めには見物客も参加する。一連のやりとりには江戸の粋が今なお残る。酉の市は正月を迎えるための最初の祭として庶民に愛され、関東大震災の折や戦時中も途絶えることなく続けられてきた。

一葉忌ある年酉にあたりけり　久保田万太郎

樋口一葉の忌日は十一月二十三日で、まさに小雪の頃。たまたま一葉忌と酉の市が重なった年があったのだろう。浅草に生まれ育った久保田万太郎には、酉の市を題材にとった戯曲や俳句が少なくない。一句が只事で終わらないのは一葉忌にも酉の市にも万太郎の並々ならぬ愛惜があり、その本義を知り尽くしているからだ。「あたりけり」の流し方には、江戸の風韻と情調が漂う。

万太郎は十四歳の時に『樋口一葉全集』読破し、深く感銘を受けている。「竹馬やいろはにほへとちりぢりに」や「奉公にゆく誰彼や海羸《ばい》廻し」は、まさに『たけくらべ』の世界を俳句で表現している。『たけくらべ』は、吉原界隈を舞台に千束神社の夏祭から酉の市にかけての時の流れの中で、遊女に僧侶にと運命を異にしていく子供たちの姿を描いている。一葉が小説に綴った下町の「もののあわれ」を、万太郎は瞬間の詩として見事に描出した。万太郎の「嘆かひ」は、一葉との出会いによって宿った憐憫の詩情である。

石蹴りの子に道きくや一葉忌　　万太郎

万太郎が道を尋ねた石蹴りの子は、『たけくらべ』に登場する美登利や信如等であり、竹馬や海羸廻しをして遊ぶ子等である。下町で見かけるさり気ない一齣も、万太郎が詠うと忽ち哀愁を纏う。

一葉忌冬ざれの坂下りにけり　　安住　敦

不治の病を抱えながら、母と妹を養い、文筆で家を支えた一葉。「冬ざれの坂を下る」とは、小説家として名を成して尚、困窮の一途を辿った一葉の暮らしと、その生涯を彷彿とさせる。掲句には、「啄木忌いくたび職を替へてもや」の作者である安住敦の生活者としての一葉への深い共感があり、己の身上を憂える嘆息も聞こえてくる。小雪は、坂道を転がるように冬ざれていく季節である。

万太郎、敦、どちらの句も一葉へのオマージュだが、万太郎のそれは一葉作品の世界に、敦のそれは境涯に捧げられている。その特色は、とりもなおさず両作者の作風に通ずる。

21 大雪《たいせつ》

大雪は旧暦十一月の節で、新暦では十二月七、八日頃。大陸の高気圧が張り出して強まり、冬型の気圧配置となって寒気が増す。「雪いよいよ降り重ねる折からなればなり」（『こよみ便覧』）。平地でも雪が降り、雪国では根雪になる雪が降りはじめる。大雪の初候は「閉《へい》塞成冬《そくしてふゆとなる》」。天地の気が塞がり冬本番となる。続く候は「熊蟄穴《くまあなにちつす》」「鱖魚群《けつぎょむらがる》」。熊は冬眠し、鮭はこの頃まで川を遡上する。「鱖」は、中国では石桂魚と呼ばれる淡水魚のことで、石桂魚がいない日本では、鮭に置き換えられたという。

京都に仕事部屋を借り、行ったり来たりの生活を送っていた時期があった。季節を問わず観光客でごった返す京都だが、その素顔が最も生き生きと見えるのは師走だと、暮らしてみて気づいた。京都の人は日々の暮らしの中で四季折々の習俗や伝統行事を丁寧に行う。年用意も昔ながらのしきたりを守り決して手を抜くことはない。路地を早足で抜けていく和服の裾捌きの衣擦れや根付の鈴音、街を流れる鴨川や白川のせせらぎも何となくせわしい。店先には新年に使うものがあれこれと並び、人々は年用意に奔走する。

高きより日のさしてゐる臘八会　長谷川双魚

大雪の日（十二月八日）は釈迦が六年間の苦業の末、菩提樹の下で悟りを開いたことを記念する臘八会（成道会）に当たり、禅寺では約一週間にわたり釈迦の難行苦行を偲んで座禅を行う。上京区の千本釈迦堂では「大根焚き」が催される。参拝者は大鍋で炊きあげられた大根を食べて無病息災を祈る。四條南座では恒例の顔見世興行が始まり、正面入口には役者の名前が書かれた「まねき」がずらりと並ぶ。

十三日は「事始」と言い、一年の区切りの重要な日だ。弟子は師匠に、分家は本家に一年の感謝を込めて挨拶に回り、歳暮を贈る。祇園では舞妓や芸妓が「まねき」の簪を挿し、お仕込みさんを従えて芸事のお師匠に挨拶に回る。事始以降に交わされる挨拶「おことうさん（お事多さん）どす」は、「忙しくて繁盛で何よりです」という意味で、互いに新年の忙しさを労う。ふと東に目を遣れば、街騒をよそに東山はおっとりと構え、比叡山は初雪を待つばかりの面もちだ。

紙船の大雪の灯をあつめゐて

長谷川かな女

埼玉県小川町の紙漉場での作。小川町と東秩父村周辺で作られてきた小川和紙は千三百年の伝統を持つ。中でも国内産の楮と伝統的な技法を用いて作られる「細川紙」は強靭で独特の風合を持ち、二〇一四年岐阜県の「本美濃紙」、島根県の「石州半紙」と共にユネスコの無形文化遺産に登録された。

「紙船」は紙漉槽《ぶね》のことで、紙の原料（三椏や楮、雁皮などの皮）を煮沸し砕いて水に溶かして入れておく長方形の水槽のこと。水温が上がると繊維が腐敗するため、紙漉きは冬の寒い時に行う。寒ければ寒いほど紙が締まり上質に仕上がるという。寒の水で漉いた紙は殊に珍重される。紙漉きは大雪の頃からいよいよ最盛期に入るのだろう。作業場にともされた灯が紙船の水に映って揺れている。灯は原料の溶けた水の白さと冷たさを一段と際やかにする。かな女の眼差しは水だけではなく休まず動く手にも注がれている。「いやだいやだよ　紙漉きはいやだ　夜づめ　早起き　水仕事……」。小川の紙漉唄の一節には、労働の過酷さがうたわれている。紙漉きの現場で詠まれたこの句、「灯をあつめゐて」に、冷水にまみれて働く人々への限りない欽慕と敬意が表されている。

天窓に大雪の夜の一つ星

中村　晃

天窓に大粒の星が一つだけ輝いている。「一《ひと》つ星《ぼし》」というと通常は金星をさすが、天窓と星の位置の関係から見て、掲句の場合は一つの星「ひとつのほし」であろうと解釈する。『枕草子』に倣って私の好みを言えば、冬の星はシリウスが圧倒的だ。和名に青星、中国名に天狼の名を持つこの星は全天で最も明るい恒星で、冬空に青白く清冽な光を放つ。シリウスはギリシャ語で「焼き焦がすもの」を意味し、古代エジプトではナイル川の氾濫を予告する重要な星とされた。

天窓を満天の星が埋め尽くす景も美しいが、孤高の星もまたロマンを掻き立てる。高原か山のロッジでの吟だろうか。星の瞬く音が聞こえてきそうな静寂な夜である。天窓に切り取られた一つの星は夢の水先案内となり、良き夢路に誘《いざな》ってくれたことだろう。

大雪という日息子は嫁欲しと

只野柯舟

作者は福島県相馬市生まれ。二〇一一年東日本大震災の年に亡くなられている。浜通り地方は雪こそあまり降らないが、むろん冬の寒さは厳しい。天明の大飢饉の折には相馬は人口が三分の一までに激減し、多くの移民を募らなければ藩が成り立たないほど逼迫した。市内には今も飢饉の供養碑が残る。冬ともなれば、遠い昔の先祖の苦労を偲ぶこともあるだろう。ある寒夜、まだ独り者の年頃の息子がふと「嫁が欲しい」ともらした。息子の一言は切実だが、父にはどうしてやることも出来ない。重苦しい沈黙が父と子の間に横たわる。本格的な冬を前にしたやるせない閉塞感と諦念が、「大雪や」ではなく「大雪という日」という措辞を選ばせたのではないだろうか。相馬の歴史や風土の上に子を思う普遍的な親の心が重なり、余情が幾重にも押し寄せる。

22 冬至《とうじ》

冬至は旧暦十一月の節で、新暦の十二月二十二、二十三日頃。「冬至冬中冬始め」、立冬から立春までの間の真ん中に当たり、いよいよ寒さも本格的になるという時期。この日北半球では太陽が最も遠ざかり、太陽高度が最も低くなる。昼の時間が最も短くなる日で、夏至の日と比べると五時間近く短い。古代中国では冬至を一年の始まりとし、暦の基準にしていた。立春を新年とするようになったのは漢王朝以降とされる。初候は「乃東生《だいとうしょうず》」で、夏至の初候「乃東枯《だいとうかるる》」に呼応。「乃東」は「靭草《うつぼぐさ》」のことで、夏至の頃に枯れるため「夏枯草《かこそう》」とも呼ばれ、冬至の頃に芽を出す。靭草は薬草として利尿・消炎剤として用いられた。次候は「麋角解《びかくげす》」。「麋」は大型の鹿（かもしか、なれ鹿など諸説あり）のことで、その角が落ちる季節という意。ただし日本鹿の雄が角を落とすのは春。末候は「雪下出麦《せっかむぎをいだす》」。晩秋に蒔いた麦が雪の下で芽を出し伸びること。初候も末候も冬萌を捉えているところが興味深い。

冬至は最も「陰」が極まり、同時に「陽」が戻ってくる日であることから「一陽来復」とも称される。この日から日ごとに日脚は伸びていく。冬は去り春がくることから転じて、悪いことが続いた後にようやく運が向いてくることの喩えにも使われるようになった。冬至に南瓜を食したり、柚子を風呂に浮かべたりするのは、太陽の色を表す黄色のものからエネルギーを摂取することで、自分自身と太陽の力の再生と復活を祈るため。また小豆の赤が疫鬼を祓うと信じられていたことから、この日小豆を入れた粥を食す。同じ目的で小豆粥を小正月に食べる地域も多い。邪気祓いに小豆粥を食す風習は中国に起こり、韓国や日本など東アジアに伝播した。

太陰太陽暦では十九年に一度、十一月一日に冬至が巡ってくる。新月と冬至が重なるこの日、つまり月と太陽が復活する日を「朔旦冬至」と呼び、明治維新まで吉日とされていた。天皇は諸臣の賀を受けて「朔旦冬至の旬」を祝い、朔旦叙位・恩赦を行った。朔旦冬至は暦が正確に機能し、政が正しく運用されていることの証であったのだ。

山国の虚空日わたる冬至かな　　飯田蛇笏

山国とは蛇笏が暮らした甲斐のことであろう。甲府盆地は広く甲斐の空は狭くはない。

遮るものが何一つない師走の空を、冬至の日が過ぎてゆく。木々が葉を落とした甲斐の山は、もう深い眠りについている。空を日がわたっていくのは四時《しいじ》の営みだが、冬至とあらば格別な景となる。「虚空」は、寂寞とひろがる冬空を表現しているだけでなく、数え日にある作者のしみじみとした胸の裡をも示唆している。冬至の日は天心に達することなく空の低きをわたり、甲斐の山に抱き留められるだろう。一年を惜しむ思いと新しい年を迎える作者の澄み切った心持ちが「虚空」の一語に集約されている。

掃除機が冬至南瓜へよく当る　　小原啄葉

大きな南瓜が無造作に転がされている。秋に収穫されてから部屋の隅に置きっぱなしの南瓜なのだろう。掃除をするたびに掃除機の先が南瓜に当り、邪魔と言わんばかりだ。擬人法は使われていないのだが、人と南瓜が睦んでいるかのようでほほえましい。冬至の日になれば、厄除けだの風邪封じだのと俄然存在感を増す南瓜が、前日までは案外ぞんざいに扱われている。諧謔の中に強烈なリアリティがあり、暮らしに根付いた風習と生活の息づかいが生き生きと描かれている。

柚子湯して妻とあそべるおもひかな　　石川桂郎

妻と湯あみをする作者である。時折柚子を摑んでみたり、香りを嗅いでみたりと柚子湯を楽しむ様子が見えてくる。遊んでいるのではない。「あそべるおもひ」にいるのだ。そこに実感がある。眩しいばかりの柚子の実と浴室いっぱいに広がるその香りは、冬本番を控えた作者に活力を与えてくれたことだろう。言外には妻への慈しみが溢れ、春へと一歩踏み出した冬至の明るい兆しが句を包む。

冬至を過ぎ仕事も一段落つくと、毎年のように薬喰いと称してすき焼を食べに京都の老舗の暖簾をくぐる。玄関で半纏を羽織った下足番に木製の札を渡され、急な階段を上がって二階の小部屋へ。京風のすき焼きは関東とは全く調理法が違い、まず鍋に砂糖を敷いてその上に肉を一枚ずつひろげ、わり下を少し振りかけて焼く。煮るのではない。葱は青々とした九条葱だ。仲居さんが比叡山の初冠雪の話などしながら手際よく焼いてくれるのを、生卵をときながら待つ。この店、繁華街の只中にあるのだが真昼間でも存外静かで、師走の喧騒をしばし忘れる。会話が途切れると、年の内にあったことを知らず識らず頭の中でなぞっている。食事の後は、界隈の和泉式部の供養塔や本能寺を巡り、正月用の食材が並ぶ錦市場をそぞろ歩いて逝く年を惜しむ。京都を離れるのはたいてい二十一日の「終い弘法」、二十五日の「終い天神」が終わり、いよいよ数え日に入るという頃だ。

歳晩の小暗がりより下足番　　黛　まどか

23 小寒《しょうかん》

小寒は旧暦十二月の節で、新暦では一月五、六日頃。この日から寒に入り一年で最も寒い日が続く。寒は節分までのおよそ三十日間で、小寒が前半の十五日間、大寒が後半の十五日間に当たる。寒に入って四日目を「寒四郎」、九日目を「寒九」と呼ぶ。「寒九の雨」は豊年の前兆、寒九に汲んだ水は薬になるとされていた。寒中に行われる武芸や芸事の稽古は「寒稽古」と言い、早朝や夜間に励んで心身を鍛える。いずれも新春の淑気と厳寒の引き締まった空気が相俟って独特の緊張感と厳かな雰囲気の中で行われる。

東北から信越地方にかけての寒冷地では、この時期寒さを利用して凍み大根や凍み餅、凍み豆腐などのいわゆる「凍みもの」を作る。水に浸けて凍らせた食品を寒風に晒して乾燥させた保存食だ。原発事故の影響で計画的避難区域となった福島県飯舘村は、標高が高く冬は零下十度を下回る日が続くため、昔から凍みもの作りが盛んだった。二〇一四年十二月、福島市内にある飯舘村の仮設住宅を訪ねると、お年寄りが口を揃えて言った。「仮設の暮らしは街に近くて便利だけれど、凍みものが作れなくて寂しい」。凍みものの作り方を尋ねると、おばあさんたちは懐かしそうに目を細めた。「星がきらきらっと光る、しーんと寒い日に作るんだぁ……」。凍み大根は煮つけるとまろやかで喉越しが良く、生の大根のそれとは味の深みが違うのだという。凍み餅は手間いらずでカロリーも高く、農作業の小《こ》昼《びる》に最適だった。凍みものは寒冷地で生き抜くなかで生まれ引き継がれてきた知恵であり、風土そのものだ。原発事故によって村人が奪われたものは計り知れない。

寒中小正月の日の行事に「成木責」がある。柿や栗、梅などの果樹を責めて、その年の豊作を祈る風習だ。斧や鎌、鉈などを持った一人が木を脅し、もう一人が木の精霊役となって応える。その年の豊熟を約束した木には小豆粥（地方によって異なる）を幹に塗ってやるという素朴な習俗で、戦前までは日本全国で行われていた。

奥会津に今も成木責をする家があると聞き、豪雪の昭和村を訪ねた。ここでは小豆粥の代わりに、「団子さし」の団子の茹で汁を使う。樏《かんじき》を履き蓑を羽織った家主が、鉈を手に雪をかき分けて一本の木の前に立った。「成るか成らぬか、成らぬならこの鉈でぶった切るぞ」と、鉈で幹に少し疵をつけて脅す。「成ります、成ります」という木霊役の声に、団子の茹で汁を松葉につけ疵口に塗る。責めるというよりは人と自然に通い合う情愛が感じられ、和楽に近い。人々が信仰するかぎり木には精霊が宿り、季節ごとに果実をもたらしてくれるのだ。この地方は日本有数の豪雪地帯で、今も雪が降れば当然のように道路が通行止めになる。殊更に「孤立状態」などと騒がなくても、冬の間は手仕事をしながら凍みものを作ったり、猪や兎などを獲ったりして凌いできた。風土には長い時間と先人からの知恵の蓄積がある。

小寒の闇ををさめし眼閉づ　深谷雄大

田舎の旧家を想像する。小寒の闇の中、眼をそっと閉じる作者である。「閉づ」という行為を描くことで、反転するようにそれまで闇に眼を凝らしていた時間が浮かび上がってくる。闇は私たちの日常の最も近くにある別世界である。耳を澄ませば祖霊の声が聴こえ、姿見えぬものの気配が感じられる。闇は恐ろしくもあり、どこか懐かしくもある。目を閉じると、遠い昔からの小寒の記憶を抱えた闇が眼裏に広がっていき、作者はどっぷりとその闇に浸っていく。

小寒や土にこぼれし浄め塩　山崎ひさを

小寒の日、親しい人を野辺に送った。弔いから帰り、玄関の前で身を塩で浄めると、塩が喪服を滑って土にこぼれ落ちた。その瞬間に、それまで堪えていた感情も噴き出したに違いない。しかし俳句では感情そのものは決して詠わない。固く冷たい小寒の土にこぼれた僅かな浄め塩だけを表徴として詠う。浄めの塩は空間をこぼれ、日常という時間をもこぼれて、小寒の土へと落ちてゆく。私たちもそんな風にいつかこの世という空間と時間をこぼれ落ちていくのだ。そして誰もが土へと還ってゆく。

「寒の入」は同時に春への秒読みでもある。昼の時間が次第に長くなり、日脚も伸びる。その人は誰よりも春を待ちわびながら寒を越せずに逝ってしまったのだろう。もうそこまで来ている今年の春は、故人不在で迎える初めての春となる。

小寒のさゞなみ立てて木場の川　山田土偶

寛永年間、火事の類焼を怖れて江戸幕府は材木を隅田川対岸の永代島に集めた。これが木場の起こりである（元木場）。さらに元禄年間になると材木の需要が増加したのを受け、規模を拡大して現在の深川に貯木場を移す。江戸で使われる材木のほぼすべてが深川に集められ、その面積は九万坪にも及んだという。当時材木商は呉服商、両替商と並ぶ花型商人で、かの紀伊国屋文左衛門は紀州みかんで富を得た後江戸に出て、幕府御用達の材木商となった。木場には材木問屋が犇めき、材木の仕分け、格付け、検量、運搬、保管などをする川並や筏師らが朝から働き、活気に満ちていたことだろう。筏師が歌う「木遣唄」や、水に浮かぶ角材に乗り種々の軽業を見せる「角乗り」は木場名物だ。豪商たちは花柳界に金をつぎ込み、辰巳風と呼ばれる深川文化が育まれていった。歌川広重の『名所江戸百景』にはまさに真冬の深川木場町が描かれている。

山田土偶は明治二十九年東京浅草橋の生まれで、本名は徳兵衛。老舗の人形問屋を営んでいた。土偶が生きた時代の木場はまだまだ江戸情緒が残っていたことだろう。いつもは威勢の良い男たちの下町言葉が飛び交う木場も、小寒の今日は人の気配も少なく寒さも手伝って寂しい。材木が浮かぶ運河は水面にさざなみが立っていて、静けさの中にまだ松の内の気分も残っている。この界隈を知り尽くした作者の風懐が句の骨格を成している。

きびきびと応ふる寒に入りにけり　　松本たかし

寒に入り、日常のやりとりも普段よりきびきびとしてくる。「……そんな感じがする」のではない。実際に「きびきびと応ふる」のだ。感覚ではなく身体性で詠っていることが掲句の眼目である。作者が松本たかしであれば、能の寒稽古と解釈することもできる。たかしは能楽師の家に生まれ九歳で初舞台を踏むが、病弱のため十代で芸道を離れる。以後は高浜虚子に師事して俳句を専らとした。只管《しかん》写生に徹し、句風は能のごとくに抑制が効き、高雅で硬質な余情を纏う。

能の家に訪れた小寒。出入りする弟子たちの顔つきも引き締まり、稽古場にきびきびと声が通る。

避けがたき寒さに坐りつづけをり

遺句集『火明』の最後に据えられた一句である。一九五六年、五十歳を迎えたばかりの二月、軽い脳溢血を起して言語障害となったたかし。身体も言葉も思うように操れないもどかしさと焦燥は、「避けがたき寒さ」となってたかしの前に立ちはだかる。が、極寒の奈落に坐り続ける自身を客観的に捉え、たかし調を貫く。この三カ月後に松本たかしは白玉楼中の人となった。

24 大寒《だいかん》

大寒は旧暦十二月の節で、新暦の一月二十日、二十一日頃。初侯は「款冬華《かんとうはなさく》」。「款冬」は冬を喜ぶの意で、蕗の古名。寒さが極まる時季だが、蕗の薹は頭を出し、温暖な地域では梅や水仙、椿などが咲きはじめ、少しずつ日脚が伸びて春が近づいてきたことを実感する。次侯は「水沢腹堅《すいたくふくけん》」、末侯は「鶏始乳《にわとりはじめてにゅうす》」。沢の水が厚く凍り、鶏が鳥屋で卵を抱くようになる。

立春前の十八日間を「寒土用」と呼び、寒の土用入りは一月十七日か十八日頃になる。土用は中国古来の五行説に由来し、春夏秋冬それぞれに木火金水の方位を配当。土に該当する季節がないため、春夏秋冬すべてに土用を定めた。土用は土の神が支配する期間なので、道普請など土を動かすことは禁じられてきた。大寒は二十四節気の冬の最後に当たり、大寒最後の日は季節の変わり目を示す「節分」となる。

大寒の一戸もかくれなき故郷

飯田龍太

飯田龍太の故郷山梨県境川村小黒坂は、甲府盆地の南東春日山系の中腹にある。甲州は盆地特有の気候で降雪は少ないが、空っ風が吹き冬の寒さは厳しい。大寒の頃ともなれば寒気はますます強まり、空気は乾燥して空も山も澄み切っている。靄や霞など視界を遮るものはない。裏山から眺望すると、家の一つ一つがはっきりとつぶさに見えている。大寒を迎えた村は深閑としているが、寂寥感はなく、凛とした佇まいだ。盆地を囲む甲斐の山々は純白の雪を頂き、蒼穹を冠して威容を誇っているだろう。「一戸もかくれなき」とは、一切の修辞を排したありのままの故郷の姿であり、矜持でもある。風土の山河をこよなく愛し見つめ続けた作者の、故郷とそこに暮らす人々への慈愛に満ちている。

大寒の一歩も引かぬ山と山

大野鵠士

空は一片の雲も許さず、しんしんと晴れわたっているに違いない。張りつめた大気の中、谷或いは町を挟んで山と山が対峙して微動だにしないのだ。「一歩も引かぬ」という比喩により、極寒の大気が緊迫感を以て読み手に伝わってくる。稜線をくっきりと全容をあきらかにして屹立する山々は、まさに「一歩も引かぬ」構えだ。下五の〝名詞切れ〟は、山の存在感をいっそう強める。少しも譲ることなく聳《そばだ》つ山のように、季語としての「大寒」が一歩も引かない。

ところで、一口に「大寒」と言っても、本州を縦断する山脈を挟んで太平洋側と日本海側ではおよそ様相が異なる。太平洋側気候の地域では、空気が乾燥して晴天の日が多いが、日本海側気候の地域では、大陸からの北西の季節風が対馬海流の影響を受けて湿気を含み、曇天と大雪をもたらす。前出の二句はいずれも太平洋側気候のきりりと晴れた風景を想起させるが、日本海側になると一転鈍色《にびいろ》の空―雪景色が広がる。

雪原に春待つ布を晒し居り　　宮田朗風

作者は新潟県の人。越後といえば上布が有名だが、二月中旬から三月にかけてよく晴れた日に、雪の上に麻の織物を広げて晒す風景が見られる。純白の雪原に並べられた色とりどりの布は春を待つ人々の思いを代弁しているかのようだ。

豪雪で知られる越後や奥会津では、雪に閉ざされる冬の間は籠や笊《ざる》を編む手仕事が盛んに行われる。冬に奥会津を訪ねると、軒下にマタタビで編んだ笊が吊されているのをよく目にする。寒風に晒すと強度が強まり、雪の反射で漂白されるのだという。これを「雪晒し」と呼ぶ。高級な麻織物として有名な越後上布《じょうふ》や小地谷縮《ちぢみ》、からむし織も同様だ。「雪中に糸となし、雪中に織り、雪水に洒《すす》ぎ、雪上に曬《さら》す。雪ありて縮あり、雪は縮の親といふべし」。鈴木牧之の『北越雪譜』より引いた。盛夏に涼を誘う上布は、雪を親として紡がれる。

豪雪に苦しみ格闘しながらも、北国では雪の恩恵によって固有の文化が生まれた。雪を克服することを克雪、利用することを利雪、親しむことを親雪と言うが、それらはプロセスではなく、同時に存在する。コシヒカリをはじめとする美味しい米は、ミネラルを豊富に含んだ雪解水と昼夜の気温差によって育まれる。長岡の小国和紙は雪を利用するのが特徴だ。皮引きした楮の皮を雪に晒し、漉いた紙を冬の間雪の中で保存する「かんぐれ」。春になり雪から出した紙床は雪の上で板干しして乾燥させる。雪が紙を腐食から守り、白くする。まさに利雪である。かまくらや雪まろげ、橇遊びなど、子供たちは寒さも厭わず雪と戯れた。雪まつり、スキーなども然り。

大寒や凭れて父のごとき幹　　檜　紀代

ふと木の幹に身体を預けた作者である。私はすぐに欅を想像したが、木の種類を限定する必要はないだろう。大樹であればよい。しかも常緑樹ではなく、すっかり葉を落とした裸木がよい。木はしかと作者を受け止め、ひとときの安らぎを与えてくれた。年輪を重ねた古木は、凍てた大地に根を深く張り、寒気のなか日の温みを溜めていた。どっしりとした木の幹に、父のような安心感と温もりを感受したのである。

雑節

25 節分《せつぶん》

立春の前日で、新暦の二月三日頃。節分とはもともとは季節の分かれ目を意味し四季それぞれにあり、立春、立夏、立秋、立冬の前日をさす。「節替《せつがわり》」「節分《せちぶ》」とも。各節分には祓を行ってきたが、旧暦の時代は立春が新年でもあったため、立春の節分には様々な年越しの行事が行われた。

「豆撒」「鬼やらひ」もその一つで、炒り豆を撒いて邪気を祓う。古くは中国の「追儺《ついな》」に始まり、八世紀初期に日本に伝わって宮中の行事となった。「儺」は疫病神のことで、大晦日の夜、鬼に扮した舎人を内裏の四門をめぐって追い回す。疫病神を祓う役の方相氏《ほうそうし》は大舎人長が務め、黄金四つ目の仮面を被り、黒衣朱裳を着て、手に矛と楯を持つ。これを「大儺」と呼び、大儺に従い駆け回る童子を「小儺」と呼んだ。殿上人は桃の弓、葦の矢で鬼を射る。日本の追儺では方相氏が鬼に逆転していて興味深い。

追儺の行事は近世に入って節分の行事として民間でも行われるようになった。豆を撒くのはその年の年男。豆撒きの後で、自分の歳の数だけ豆を食べる習慣は、かつて新年を迎えると年齢を一つ加える「数え年」の年取りの儀式の名残である。家々では柊の枝に鰯の頭を刺したものを戸口に立て、鬼が入らないようにする。

豆を打つ声のうちなる笑かな　宝井其角

其角は芭蕉十哲の一人で江戸前期の俳人。芭蕉没後、洒落風を興して江戸座を開いた。節分の夜、神仏に供えた豆を「鬼は外！」「福は内！」と囃しながら撒く。娯楽が少なかった時代のこと、豆撒は庶民にとって楽しみなイベントの一つでもあっただろう。豆を枡に入れ、逃げ回る鬼を追いかける人々。邪気や疫病神が家から退散するように、福を呼び込むようにと大きな声を上げて豆を打つ。家の中には一族の笑い声が絶えずある。厳しい冬をようやく越すという安堵の明るさが一句を取り巻く。

月させば魚夫来て舟に豆撒けり　山田孝子

漁師にとって舟は家と同様に大切な生活の場である。家の豆撒を済ませると、月明りを頼りに舟溜にやってきた。「舟」というのだから、一人で操るような小さな木舟なのだろう。

嵐や事故に遭いませんように……。豊漁でありますように。月明りに行われる舟の豆撒は、映画の一齣を観るかのように神秘的だ。

節分や家ぬちかがやく夜半の月　水原秋櫻子

豆撒などすべての行事を終えた後の家だろう。ひっそりと静まり返った家のなかには夜半の月影が差し込んでいる。鬼も疫病神も祓われた神聖な家は、春を待つばかりである。節分から立春までの微妙な移ろいを描出した。

節分の夜のそこここの汚れ雪　行方克己

立春を目前にしているとはいえ、雪が降るような地方ではまだまだ寒さの底にある。節分の行事に参加したのだろうか。或いは家庭の節分でもよい。豆撒などで人が集った境内や庭先では、ところどころ雪が溶け、足跡などで雪が汚れている。「汚れ雪」は、紛れもない春の兆しである。

懸想文むかしの雨の降りさうな　松本高児

「懸想文」とは恋文のこと。季語の「懸想文」は、男女の良縁を得るための縁起の札をさす。江戸時代初期より、京の町では正月元旦から十五日まで、細い畳紙に米二、三粒を入れた「懸想文」を梅の枝に結び懸想文売が売り歩いた。懸想文売は赤い着物に赤い袴をつけて烏帽子を被り、白い布で覆面をしていた。そもそもこの懸想文売、文字が書けない庶民に代わって恋文の代筆をする貴族の内職だったというから、覆面の理由も自ずとわかるというもの。「懸想文」を持っていると良縁に恵まれ、また箪笥に入れておくと衣装が増えるという。

現在では京都市左京区の須賀神社で節分に懸想文売が境内で懸想文を売る。実は私も何年か前に求めた懸想文を箪笥に入れて大事に持っている。覆面姿の懸想文売を若い女性が取り囲む様子は、あたかも江戸時代にタイムスリップしたかのようだ。

壬生狂言鬼大仰にまろびけり　　平野仲一

「壬生狂言」は、京都・壬生寺の中興の祖円覚上人（一二二三年～一三一一年）が創始したもの。一三〇〇年、壬生寺において疫病退散を祈願して大念仏会を行った時、群衆にわかりやすく教えを説く方法として、身振り手振りの無言劇に仕立てた持斎融通念仏を考え、これが壬生狂言の元になったとされる。壬生念仏は四月二十一日から二十九日まで壬生寺で行われる大念仏法要だが、期間中勤行とは別に、境内の大念仏堂（狂言舞台）で壬生狂言が演じられる。

節分の日には、大念仏会のさきがけとして、壬生狂言三十番のうち「節分」の狂言のみが繰り返し無料で披露される。大げさに転んで見せる狂言の鬼に、どっと笑いが沸き起こる。そのおおらかな熱気こそが邪気を祓い、人々に春をもたらす。

年のうちに春は来にけりひととせを去年とやいはむ今年とやいはむ
在原元方

旧暦では、原則として新年と立春は同時であるが、閏の年には月の進行が遅れ、十二月中に立春がくる。これを「年内立春」という。『古今和歌集』巻頭の在原元方の一首はまさに年内立春を詠っている。俳句の季語では「冬の春」「年の春」「年の内の春」「除日立春《じょじつ》」など。

年のうちの春やたしかに水の音
加賀千代女

暦の上では年の内に春が立ってしまったというが、実際水の音にも確かに春は立っていることを感受した千代女。元方の歌が観念的であるのに対して、千代女の句は身体性を伴っている。「あさ顔や釣瓶とられてもらひ水」を詠んだ千代女らしく、生活実感に立春を捉えている。

26 彼岸《ひがん》

春分を中日とし、その前後七日間（三月十八日～二十四日頃）を「彼岸」と呼ぶ。俳句では「彼岸」と言えば春の彼岸をさし、秋のそれは「秋彼岸」とする。「暑さ寒さも彼岸まで」と言うように、その頃を境に寒さも緩み、過ごしやすい季節を迎える。

彼岸とは、サンスクリット語「波羅蜜多」を訳した「到彼岸」から出た言葉で、生死《しょうじ》の海を渡って到達する悟りの世界「涅槃」をさす。対して生死を繰り返し迷いにあるこの世は「此岸《しがん》」。

「彼岸会《ひがんえ》」は仏教行事の一つだが、インドや中国にはなく、日本だけで行われているようだ。寺院では法要を営み、在家信者は寺院に詣で、墓参する。また各家庭では、牡丹餅や彼岸団子、花などを供えて先祖を供養する。

太陽が真東から昇り、真西に沈む春分に、極楽浄土を意識し、故人を偲ぶ。彼岸は、六波羅蜜の基本的な修行（布施、持戒、忍辱《にんにく》、精進、禅定、智慧）を実践する期間でもある。

日本では農事が始まる時季と重なるため、仏教行事とは別に、収穫を祈る祭祀も多い。彼岸の入りの日を「入彼岸」「彼岸太郎」「さき彼岸」「初手彼岸」などと呼び、この日晴れると、その年は豊作になるとされてきた。地方によっては、山に登ったり神社に集ったりして籠る「彼岸籠り」があり、五穀豊穣を祈る風習の一つだ。

毎年よ彼岸の入に寒いのは　　正岡子規

「母の詞自ら句となりて」という前書が付いている。「今日は彼岸の入りだというのに寒いなぁ」とぼやいた子規に、母が返した言葉がそのまま俳句になっていることに気づき、新鮮さを覚えてこれを一句としたのだ。子規二十六歳の作。彼岸の入りなのに寒いのはおかしいというのはいかにも理屈屋の子規らしいし、そんな息子の屁理屈を意に介さない母の返答は素朴で大らか。何気ない日常の母子のやりとりに、えも言われぬ情愛と温もりがある。

人ごみに蝶の生るる彼岸かな　　永田耕衣

「人ごみ」は、彼岸会の寺の様子でもいいし、まったく別の場所での一景でもいい。ともかく人で賑わっている。その周りを生まれたばかりの蝶がひらひらと舞っているのだ。まるで人ごみから蝶が生まれたかのように。或いは、蝶は亡き人の魂かもしれない。人と自然の間に隔たりがなく、そのすべてが仏の慈悲の中にある。

ガード下彼岸の花のよく売れる　　今井つる女

つる女は明治三十年松山市生まれ。嫁して東京に移り住んだ。都会の、それもひと昔前の光景だろう。ガード下で売られているのだから、花屋よりは安価に違いない。買物や会社帰りの人が、通りすがりにつぎつぎと彼岸の供花を求めていく。一級品の花である必要はない。巡りくる季節に、欠かすことなく祖先を供養することにこそ、彼岸の意義がある。

連れ立ちて彼岸詣となりにけり　　星野　椿

彼岸会の起源は平安初期のようだが、寺詣や墓参の習慣が一般庶民に始まったのは江戸中期とされる。気候も良いことから行楽性も帯び、江戸市中では春秋の彼岸に阿弥陀如来を安置する六つの霊場を巡る「六阿弥陀詣」が盛んに行われ、昭和初期まで続いた。

掲句にもどこか行楽の雰囲気がある。家族や親戚が連れ立って彼岸詣に行くことになった。詣でた後は共にどこかに立ち寄るのかもしれない。いずれにしても、春彼岸だからこそ。秋彼岸では「連れ立ちて」という気分にはならない。「なりにけり」と下五をゆったりと使い、春昼の長閑さを揺曳《ようえい》させる。それは同時に春を迎えた心のゆとりでもある。

飲食のあとちりぢりの彼岸かな　　清水径子

彼岸詣の後、飲食を共にした一行。食卓には牡丹餅や彼岸団子も並んだことだろう。ようやく寒さも緩み、間もなく桜も咲き始めるという頃だ。自然と話も弾み、笑い声の絶えないひととき。もちろん亡き人の話題も度々出たに違いない。そんな時間が終わると三々五々帰途に就いた。春風をまとうその足取りはみな軽やかだ。彼岸は、巡りくる四時《しいじ》の中に、今を生きる人々と祖霊を無意識のうちに引き合わせ、睦ませる。

日迎へみち蓬摘みたるあとのあり　　金子篤子

「日迎へ」は、彼岸の中日（もしくは彼岸の中の一日）に老女たちが行う巡拝の風習。午前中は東に、午後は南から西に向かって日の影を追って歩き（「日送り」）、先々で米を供えて太陽を拝む。野遊びを兼ねた行事でもある。「摘みたるあと」とは、まさに野遊びのあとであり、春光の中で女性たちが「日迎へ」に興ずる様子が目に浮かぶようだ。

沖は弧を太く張りをり彼岸西風《にし》　　上村占魚

彼岸の頃に吹く西風を「彼岸西風」という。ちょうど釈迦入滅（陰暦二月十五日）の頃でもあるので、「涅槃西風」とも呼ぶ。西方浄土からこの世への訪れとして吹く風と信じられてきた。この西風が吹くとしばし寒さが戻り、収まると春本番となる。

27 社日《しゃにち》

「社」は、土地の神のこと。春分に最も近い戊《ちのえ》の日を「社日」または「春社」とし、産土神《うぶすながみ》を祀り、五穀の種を供えて農作物の成長を祈願する。戊は十干《じっかん》の一つで「土の兄」とも書き、陰陽五行説の「土」に配される。中国より渡来した習俗だが、日本では「田の神信仰」と習合して各地に広がった。

土地の神・田の神は、春社に天より降《くだ》るとされるため、土や農事にまつわる禁忌も多く、この日は土を掘ったり農作業をしたりすることを禁じ、人が集って社日講・地神講をする地域が多くあった。また祭場には種物や農具が売られる市が立った。地方によっては、鍛冶屋が農耕具の注文を取りに農家を訪ねる風習もあった。

社日の風習が全国的に消えつつある中で、徳島県では今でも多くの神社が社日祭を執り行っている。阿波藩では天明の大飢饉を受けて、寛政元年に各村浦の神社や広場などに地神塔を建立させ、社日には祭礼を行うことを命じた。社日には氏子が集い、農家は農作業を休んで、地神祠に酒や食べ物など供え物をして宮司を迎え祝詞を捧げる。徳島の人々は地神様のことを親しみを込めて「お地神《じちん》さん」と呼ぶ。「お地神さん」は当時の農民の拠り処であり、子供たちにとっては供物の御下がりをいただく楽しみな日でもあった。県下には二千基余りの地神塔が現存する。

福岡市の筥崎宮《はこざきぐう》では現在も社日に「お潮井汲み」の行事を行っている。参拝者が御神域である箱崎浜の真砂《まさご》を持ち帰り、「てぼ」と呼ばれる竹の籠に入れ、玄関などにおいて身を清める。また真砂は豊作祈願や虫よけのために田畑にまいたり、家の建て替えの時に敷地にまいたりする。博多祇園山笠の折には、神事の無事を祈って、舁《か》き手の身体や山笠台をこの真砂で清めるそうだ。

山梨県では、石の鳥居を七つくぐると中風にならないという伝承から、あちらこちらの神社を巡る「社日詣」がある。その他にも、田の神を祀り、餅を搗《つ》く「社日様」。明け方に東の社寺に参り、順に西へと参って、最後に入日を拝む「社日参り」など、社日の祭礼は様々に変化し、各地に根付いていった。

種供へ春社の天地ほの湿る　　松浦敬親

春は大気中に水分が多く、万物が朦朧と霞み湿りがちだが、掲句の湿りとはそれだけを言っているのではない。春社の祭礼に五穀の種を供えて祈りを捧げる人々。その思いに神が応えているかのように天も地もほの湿っているのだ。実りをもたらすには天と地に、神と人に呼応がなくてはならない。

神の来臨を仰ぎ、供物を捧げて除災と豊作を祈願する。天候に恵まれますように、害虫が大量発生しませんように、災害が起こりませんように……。農薬も天気予報もなかった時代、土の神・田の神は春から秋の間、人の暮らしの中心に座し、喜びや時に苦しみをもたらした。だから人々は畏敬の念をもって神を迎え、神を送った。「社日」を詠むことは即ち日本の風土を詠むことである。

また春社は、米作において「種浸し」の目安とした日でもあった。種浸しとは、苗代に蒔く籾種の発芽を促すために、俵や叺《かます》などに籾種を入れて二、三週間程水に浸しておくこと。

月影に種井ひまなく流れけり　　飯田蛇笏

「種井」は、種を浸しておくために苗代の傍らに掘る井戸。小流れを引き込むように作られた種井。月光が降り注ぐ中、水は種井の中を絶えず流れていく。水音だけが響く静かな夜の景だ。籾種は清冽な水によって、そして月光によって発芽を促されている。そのすべをつぶさに見守っている神々である。

髪染めて社日の老婆誘い合う　大中祥生

社日詣なのだろう。鎮守の神への崇敬と社日詣の華やぐ気分、そして仲春の明るさが「髪染めて」に表出する。娯楽が少なかった時代、社日は子供にとっても年寄りにとっても数少ない物見遊山の日でもあった。餅を搗いたりご馳走をこしらえたりして供え、共に食べる行事は、「ハレ」の日であり、物事の折目つまり大事な「節」であったのだ。

村口の土橋の雨も社日かな　松根東洋城

社日に雨が降った。仲春の柔らかい雨は、これから五穀を育む大地も、村の入り口に架かる土橋もあまねく濡らしてゆく。「木」でも「石」でもなく、「土」の橋であることが一句の眼目だ。とにもかくにも社日は「土」の日なのである。

ところで、社日に降る雨を「社翁の雨」と呼ぶ。社翁は土地の神のこと。つまり慈雨なのだ。人々の願いを聞き届けたかのように神が降らせた雨は、大地を潤しやがて作物を豊かに育む。

治聾酒の酔ふほどもなくさめにけり　村上鬼城

春社の日に酒を飲むと聾が治るとされ、耳の遠い老人や子供に飲ませた。「治聾酒」という特別な酒があるわけではなく、普通の酒でよい。社日の行事と共に「治聾酒」も消えつつある風習であり季語である。

唐黍の風や秋社の戻り人　石井露月

秋の社日は「秋社」と呼び、初穂を供えて収穫に感謝する。春社に降臨された田の神は、この日に天へお帰りになる。

28 八十八夜《はちじゅうはちや》

立春から数えて八十八日目、新暦の五月二、三日頃に当たる。八十八夜を過ぎれば朝の冷え込みも弱まり霜も降りなくなるため、農家では種まきや茶摘み、養蚕などの目安にしてきた。また、「米」という字が「八十八」に通ずるため、稲作では縁起をかついで苗床に種を播くのに適した日とする。重要な農事の基準となる八十八夜は日本で生まれた「雑節」の一つとして、暦には明暦二年（一六五七年）から記入されるようになった。かつてはこの日、粥を炊いて田の神に祀るなどの神事をする地域もあった。

花過てよし野出る日や別れ霜　　高井几董

「八十八夜の別れ霜」「八十八夜の忘れ霜」という言葉の通り、八十八夜は霜が降りる最後の頃。ちなみに終霜の平均は、盛岡市で五月三日、青森市で四月二十七日だそうだ。稀に立夏を過ぎてから霜が降ることがあるが、この晩霜は農作物に甚大な被害を及ぼすため

「九十九夜の泣き霜」と恐れられている。

几董は京都生まれの俳人で、与謝蕪村の高弟。吉野にしばらく滞在し花見を楽しんだのだろう。花時も過ぎ、吉野を去ろうという日の朝に名残の霜が降りた。吉野は多くの詠み人が歌を残した桜の名所であると同時に、修験道の霊場であり、兄源頼朝と対立した源義経が逃れた地であり、また南北朝時代には南朝が置かれた地でもある。歴史が折り重なる吉野の「別れ霜」は様々なことを連想させ、句に奥行きを生む。固有名詞の働きを熟知し存分に発揮させた作。「忘れ霜」ではなく「別れ霜」を選んだ几董の計らいは、読者の想像を義経と静御前の悲恋へと導く。

音立てて八十八夜の山の水　桂　信子

ついこの間まで柔らかな芽吹きに覆われていた山々だが、立夏を間近に瑞々しい若葉が茂り始めている。この季節は日ごとに木々の緑が移ろい、濃くなる。その緑を分けて水が勢いよく流れていく。まるで山の鼓動のように葉陰で音を立てる清水。八十八夜の季節感を清冽な「水音」で表現した。

村に入る道の八十八夜かな　黛　執

田植を目前にした田を振り分けに、一筋の道が村へと入っていく。八十八夜といっても、掲句は昼の景だろう。村を囲む山々は眩しいばかりの新緑を湛えている。田には水が満々と張られ、周囲の新緑や青空を映す。人々は野良仕事に忙しく、一年中で最も村に活気が漲る季節だ。村へと延びる一本の道にも、弾むような季節感がある。

煤柱すくと八十八夜かな　執

囲炉裏の煤と人の手艶《てづや》で黒光りする大黒柱である。何世代と炉に火を熾し、湯を沸かし、飲食をし、炉話をしては家族が寄り添って生きてきた。その営みの芯にある柱だ。旧家の静けさ、煤の匂い、若葉冷……。「煤柱」と「八十八夜」のみを提示した叙景句にもかかわらず、不思議と五感に訴えかけてくる。

俳句は引き算。饒舌でない方が却って読者のイマジネーションは刺激されるのだ。

母ねむり八十八夜月まろし　古賀まり子

満月となった八十八夜。疲れきって眠っている母を慈しむように月が上がっている。「母ねむり」と「月まろし」は対語のようになっていて、母もまたまろやかで穏やかな眠りにある。母を田畑を慈しむように包み込む月光である。

青空へふくれあがりて茶山なる　　富安風生

夏も近づく八十八夜……。童謡「茶摘」の歌詞にもあるように、八十八夜は茶摘みの最盛期。四月半ばから新芽を摘みはじめて、最初の十五日間を一番茶とし、八十八夜の後二、三週間かけて二番茶、三番茶、四番茶と摘む。末広がりの「八」の字が二つ重なる八十八夜のお茶は縁起が良く、飲めば寿命が延びると珍重されてきた。実際、八十八夜の頃に摘まれた新芽の茶葉は栄養価が高いという。

掲句はまさに茶葉の最盛期を詠ったもの。かまぼこ型の茶木の畝《うね》が並び、ふっくらと盛り上がった丘陵。新芽の萌黄色と青空が押し合うような景が広がる。

草臥《くたびれ》て平たくなりぬ茶摘歌　　大島蓼太

大島蓼太は江戸中期の俳人。芭蕉への復帰を提唱し、中興俳壇復興に寄与した。

蓼太は生涯を通してよく旅をしたので、この句も旅の途上で出会った情景かもしれない。茶摘み歌や田植歌のような労働歌は、共同作業を行うとき、全体の統一を図るのに役立った。また単調で肉体的にきつい仕事の気分転換になり、苦痛を和らげ、息を揃えることで生産性を上げるのに効果がある。最初は威勢の良かった歌声も、時間の経過とともに元気がなくなってきた。そんな様子を「平たくなりぬ」と表現した。その把握は、茶摘みに出くわした旅人蓼太の新鮮な感動そのものだ。「平たく」なっても尚途切れない歌声には、収穫の喜びの中に身を粉にして働く茶摘み女の健気な姿が偲ばれる。

29 入梅《にゅうばい》

実際の梅雨入りはその年によって異なるが、暦の上での「入梅」は立春から百三十五日目、太陽の黄経が八十度に達した日で、新暦では六月十一日頃。この日から約三十日が梅雨の期間となる。かつては二十四節気の「芒種」の後の最初の壬の日とされていたが、明治九年に現行のように変更された。

「梅雨」の語源は、中国の揚子江流域で梅の実が熟す時期が雨季であったことに由来するという。日本では江戸時代に雑節の一つとして暦に「入梅」が入れられた。「入梅」に対して梅雨明けは「出梅《しゅつばい》」といい、「小暑」の後の壬の日としたが、入梅のみが暦に記されているのは、稲作にとって雨量が重要であり、入梅が田植の目安とされたからだろう。

湿度が高く黴が生えやすい季節なので、「黴雨《はいう》」とも書く。本格的な梅雨入り前に梅雨模様となるのを「走り梅雨」「梅雨の走り」「迎へ梅雨」と言い、雨の降り方で「荒梅雨」「空梅雨」「男梅雨」「女梅雨」などと呼び分ける。梅雨が明ける頃に降る強い雨は「送り梅雨」、梅雨が明けた後に再び梅雨のような状態に戻ることを「戻り梅雨」。

世を隔て人を隔てゝ梅雨に入る　高野素十

「梅雨籠り」という言葉があるが、雨が降り続く梅雨時はどうしても家に籠もりがちになる。籠もれば世間に遠くなるのは必然。掲句はその因果を逆手に取っている。自ら「世を隔て」「人を隔て」て、「梅雨に入る」のだという。とはいえ、やはり梅雨入りの陰鬱とした気分がそうさせたのだろうが、句に表白することでむしろ梅雨籠りに甘んじ楽しむかのような余裕すら感じさせる。

あをあをと墓草濡るる梅雨入りかな　飯田蛇笏

梅雨入りの頃は木々の葉も野の草も茂り、日ごとに緑が濃くなる。墓地に生える草とて同様だ。盆の季節になれば刈り取られる雑草だが、梅雨の頃は訪れる人も少なく、草は雨に濡れていきいきと茂る。言葉には表現されていないが、作者の眼差しは当然墓に眠る亡き人にも向けられている。「あをあをと」濡れる草の下には、先祖代々の亡骸が埋葬されているのだ。雨にいのちを耀かせる草々は亡き人への手向けであり、鎮魂でもある。

一燈に闇青々と梅雨の入り　　深見けん二

闇に一つの燈がともっている。その周りには鬱蒼と緑が茂っているのだろう。ほんのりと闇に浮かぶ万緑を「闇」が青いと把握した。一燈によって浮かび上がるのは緑だけでない。絶え間なく降る雨の音や森の匂いまでも浮かび上がらせる。目には見えぬ緑の闇の中では旺盛な命が蠢いている。

「梅雨」という漢語に対して、日本では『古今和歌集』以来雅語として「五月雨」を用いた。「皐月」「早苗」「早乙女」「早苗饗」と同様に、「五月雨」の〝さ〟は稲作の神を表し、〝みだれ〟は水垂れの意。つまり五月雨の頃は稲を植える季節なのだ。

松尾芭蕉は五月雨の句を十数句残している。わけても『おくのほそ道』で詠まれた句は、芭蕉を代表する名句である。

五月雨の降残してや光堂　　松尾芭蕉

平泉・中尊寺の金色堂（光堂）を詠んだ。鬱々と降り続く長雨でさえも、まるでそこだけ降り残したかのように光堂は輝いていると称える。平安後期、平泉を拠点に陸奥・出羽を治め栄耀栄華を極めた奥州藤原氏であったが、一一八九年に源義経・弁慶等と共に源頼朝に滅ぼされた。掲句の前には、

夏草や兵共がゆめの跡

が置かれる。金色堂には藤原清衡・基衡・秀衡三代の棺が納められている。五月雨がけぶる中に燦然と輝く光堂を描き出した手法は、読み手のイマジネーションを藤原三代の時代へと一飛びに誘い、目眩くその栄耀を垣間見せる。

平泉の後、進路を西へと取った芭蕉は山形県大石田で再び「五月雨」の句を吟じた。

さみだれをあつめて早し最上川　　芭蕉

土地の人に俳諧の指導を求められ、断り切れずに連句を巻く。芭蕉が詠んだ発句は、

さみだれをあつめてすゞしもがみ川　　芭蕉

「すゞし」は連句を催した家主への挨拶の心であり、連句の座ではこのような挨拶性が重

んじられる。季節への、集った連衆への、そしてもてなしてくれた主への挨拶だ。
しかし五月雨によって増水する最上川の迫力を表現するには「すゞし」より「早し」の方が適っている。そうやって俳句は推敲され、深まっていく。

さみだれや大河を前に家二軒　与謝蕪村

降り続く雨に河は今にも氾濫しそうで、濁流は音を立てて暴れながら流れる。大河を前に寄り添うように建つ二軒の家。家の中では不安そうに家族が寄り添っているに違いない。梅雨は稲作にとって欠かせない慈雨であると同時に、災害をもたらす脅威でもある。自然の猛威を前にした人の無力さを描き出した一句。

五月雨や滄海を衝濁水　蕪村

五月雨によって濁った水が勢いよく青い海へと流れ出す河口の風景を活写した。「衝《つ》く」というダイナミックな措辞に、作者の位置が河口ではなく、高みから俯瞰していることがわかる。
前出句と共に、画家でもあった蕪村の構成力が遺憾なく発揮されている。

30 半夏生《はんげしょう》

夏至から十一日目、太陽が黄経百度を通過する日で、新暦では七月一日〜二日頃。中国から渡来した七十二候の「半夏生《はんげしょうず》」が、江戸時代に雑節の一つとなった。「半夏」は、烏柄杓《からすびしゃく》という薬草の漢名で、半夏生は半夏が生える季節の意。「半夏半作」という言葉の通り、この日までに田植を終えないと収穫が半分になってしまうとされ、農事の目安にした。

二毛作の地方では六月に麦を刈り取り、半夏生までに田植をする。半夏生の日に収穫された新麦で団子を作り、神仏に供えたり食したりする習慣が全国にある。讃岐地方では、新小麦で「半夏団子《はげだんご》」を作る。

私の母は静岡県の在の出身だが、幼い頃の思い出に半夏生の日に各農家で新麦を蒸かした饅頭を山のように作っていた記憶があるという。当時この地方は麦の収穫の後に田植をし、半夏生の日には農耕具を洗い清めて労い、豊作を祈る集まり「馬鍬《まんが》洗い」が行われたそうだ。そこで振る舞われたのが小麦饅頭だ。丸い蒸し器いっぱいに蒸しあげられた饅頭には餡が入っていて、子供にとっても特別な日だったという。戦後間もなく小豆が手に入らなかった年は、祖母がにんじんを擂すって塩を入れて甘みを引き出し、餡の代わりにしたそうだ。

麦団子の他にも、蛸、焼き鯖など、地方によって風習や食するものが異なる。また田植の後の早苗饗《さなぶり》では、人々の労をねぎらうために餅をつき、「半夏生餅」や「早苗饗餅」を振る舞った。

汲まぬ井を娘のぞくな半夏生　　池西言水《ごんすい》

言水は江戸前・中期の俳人で、奈良の生まれ。十六歳で剃髪し、以降俳諧に専心した。江戸に出て松尾芭蕉一門と交流し、その後京へ移り、諸国を旅した。

さて、一句だが、「汲むつもりのない井戸を覗き見てはいけないよ」と娘に呼びかける。半夏生の日は天より毒気が降るとされていたのだ。人々は前夜から井戸や泉に蓋をして防いだ。またこの日は、田畑に種を蒔いたり、野菜を採って食べたりすることを避けるなど様々な禁忌があった。

掲句は、既に消滅した習俗が詠まれていて、記録としても貴重だ。

山坊に白湯沸いてゐる半夏かな　木内彰志

「半夏」は仏教では、僧が籠って修行する夏安居《げあんご》（旧暦四月十六日〜七月十五日）の中日を指す。掲句も夏安居の坊での情景だろう。安居中の坊は多くの僧が寝起きし活気に満ちている。安居僧たちが今まさに修行に励んでいる最中、何に使うのか庫裏で湯を沸かしている。大きな薬缶か鍋に違いない。束の間の静寂に、湯の沸く音だけが聞こえている。夏安居も半ばとなった安堵感と、明るさが句を占める。

恙なき雲つぎつぎに半夏かな　廣瀬直人

昔は半夏生の日は天気によって米の豊凶を占った。つぎつぎと空を渡ってゆく雲は白く、「凶作」を兆すものは何ひとつない。もちろん空はどこまでも青く広がっているだろう。そしてその空の下には植田が広がり、ゆく雲を水面に映している。半夏生の空を仰ぎ見、雲をひとつひとつ送りながら、豊作を願う作者である。

医通ひの片ふところ手半夏雨　大野林火

半夏生の日は大雨になるとも、この日に雨が降ると大雨が降り続くともされ怖れられた。一説では、田植の後天に還る田の神が降らせる雨だという。この大雨によって起こる洪水を「半夏水」と呼び、人々は警戒した。半夏生の頃はちょうど梅雨も半ば。豪雨となれば農作物に多大な被害が出る。井戸や泉に蓋をする風習も、豪雨への備えという意味があったのだろう。

一句は通院の一齣を詠んでいる。「片ふところ手」は和服のふところへ片手を入れること。自分で通えるのだから重病ではないのだろうが、なかなか快方に向かわない。作者の無聊が「片ふところ手」と「半夏雨」に投影されている。

ぬきん出しからすびしやくの茎あをし　　近藤　忠

烏柄杓は蝮草に似て、蛇が舌を出したような形状をしている。半夏生の頃に土堤や畦などに生え、田植を終える時期を知らせてくれるので、「守田《しゅでん》」という別称を持つ。他の雑草から抜きん出て青々と伸びた烏柄杓は、「さあ、田植を仕舞いにしよう」と呼びかけんばかりである。烏柄杓を写生しながらも、その背後にある自然と人のかかわりが浮かび上がる。

半夏生白き夕べとなりにけり　稲畑汀子

夏至から間もない半夏生の頃の明るい日暮を感覚的に捉えた一句。いつともなく暮れてゆく微妙な空の移ろいを「白き夕べ」と断定し、句のキャンバスに描き出す。下五の「なりにけり」は、白き夕べをしばし揺曳させる。

半夏とは別に「半夏生」「半夏生草《はんげしょうそう》」という植物がある。ドクダミ科の多年草で、七月初旬の半夏生の頃に水辺に群生する。花は白く穂状《すいじょう》。葉の半分が白くなることから「片白草」とも言う。名前の由来は、半化粧とも。掲句はまた植物の「半夏生」も自ずと連想させ、読者を半夏生の咲く夕べへと誘う。いつまでもそこに留まっていたくなるような夕べである。

31 土《ど》用《よう》

土用とは、立夏・立秋・立冬・立春前の各十八日間（または十九日間）を指す。中国の五行説では、春を「木」、夏を「火」、秋を「金」、冬を「水」と定め、「土」はそれぞれの季節の間に設けた。つまり土用は年に四回あるのだが、今では土用と言えば、夏のそれを指す（七月十九日～八月六日頃）。夏の土用の期間は「暑中」とも呼び、最も暑い季節だ。暑中見舞いはこの期間に出す。土用の初日を「土用入」というが、土用の入りから三日目を「土用三郎」と呼び、この日に晴れれば豊作、雨が降れば凶作として占った。

また、土用の期間は土を司る神（土公神《どくじん》）が支配するため、土に関係すること（土いじりや基礎工事等）を忌む風習がある。但し、土用の期間中禁忌が続くと生活に支障が出るため、方便として、土公神が土から出ている「間日」が各土用に三日間設けられ、この日は赦された。ちなみに夏土用の間日は、卯、辰、申の日。

淡きは濃き父土用過ぎにけり　長谷川双魚

双魚晩年の作。遠き夏の日の父と母を詠っている。「淡き」とは、優しさであろう。「濃き」とは、頼もしさであろう。自分を柔らかく慈しんでくれた母と、いつも強く頼りがいがあった父。その像は亡き後も変わることなく作者のなかに結ばれているのだ。「淡き」「濃き」という形容詞に象徴させた母親像と父親像は、作者固有のものであり、且つ普遍的なものでもある。

今年もまた亡き両親と共に土用が過ぎてゆく。「淡き」存在でありながら「母」が「父」よりも先に置かれている。母とは、そういうものなのだろう。

父と子のうしろ姿や土用波　井上弘美

「土用波」は、台風が南方洋上にある時に太平洋沿岸に寄せてくるうねりの高い波のこと。特に夏の土用の頃に見られるので、こう呼ばれるようになった。海水浴には適さないが、高波を求めてサーファーたちがやってくる。

掲句は土用波が打ち寄せる浜辺の景。海を見ている親子の表情は見えない。真っ青な海を背景に、後ろ姿の輪郭だけを描き出す。それだけで十分に通い合う親子の情が浮かび上がる。夏を経て一回り逞しくなった父と子の背中である。

引き返すうしろどよもす土用波　　右城暮石

土用の浜辺にしばらく佇み、そろそろ帰ろうと海に背を向けると、土用波がもんどりを打って砕けた。その響きを背中で受け止めた作者だ。「どよもす」「土用波」と〃ど〃で頭韻を踏み、土用の海のうねりを音で強調する。ぎらぎらと日を返す晩夏の海が、句の画面いっぱいに立ち上がる。

土用の海を詠んだ句だが、人の世を重ねて解釈することもできる。踵を返した途端にどよもし始めた海。もちろんそれまでも海は高鳴っていたのだが、背を向けた途端に身に沁みて響いたのだ。どよもす海に、作者が振り向くことはなかっただろう。

働いて飯食ふ土用太郎かな　　ながさく清江

土用一日目を「土用太郎」、二日目は土用次郎、三日目は土用三郎と呼ぶ。土用の暑さに負けることなく、よく働きよく食べて土用を乗り切ろうとする作者。「働いて飯食ふ」は、人として生きる上での基本。作者の意思であり、自負でもある。レトリックを排除した直線的な措辞と〝切れ〟の効果により、夏の活力が充溢する。

虫干しに猫も干されて居たりけり　小林一茶

「虫干し」は、土用の晴天を見計らって衣類や書物、書画などを日陰に干し、風を通して黴や虫などの害を防ぐこと。「土用干し」「風入れ」「曝書」「虫干」など。

虫干しのために衣類や書物など様々なものが所狭しと並べられている。その中に、涼しそうに猫が寝転んでいる。それを「猫も干されて居たり」と諧謔的に把握し、猫の愛らしさを引き出した。「雀の子」や「痩蛙」の名句を髣髴とさせる一茶の真骨頂ともいえる一句。

白無垢の一竿すゞし土用干　正岡子規

明治二十五年松山での作。白無垢は上下共に白一色の服のこと。今では白無垢というと婚礼衣装を想像するが、当時一般庶民の間では喪服はまだ白が主流だった。既に何度か喀血していた子規だったので、死出の装束をイメージしていたかもしれない。いずれにせよ、さまざまな色の衣が干される中で白無垢に注目し、その一竿に涼しさを感受したことに子規の胸中がほの見える。
三年後の二十八年四月、新聞記者として日清戦争に従軍した帰途、船中で大喀血。以降病床に就いた。

土用鰻店ぢゆう水を流しをり　阿波野青畝

土用の丑の日に鰻を食べる習慣は江戸時代に平賀源内が始めたが、その他にも梅干しや瓜、うどんなど〝う〟の付くものを食べると病気にならないとされてきた。さらには、疲労回復や夏バテ予防のために薬草を入れた風呂「丑湯」に入ったり、「土用灸」をすえたりした。
さて、炎昼の鰻屋である。気取らない庶民的な店なのだろう。朝から鰻を割いては焼き、大繁盛だ。厨房だけでなく店の中にまで水を流して涼を呼ぶさまに、丑の日の賑わいと活気が伝わる。

はらわたになると言はれて土用餅　木下碧露

夏の土用の日に餅を搗き、小豆などを入れた「土用餅」。これを食すと暑気中りにならないとされた。

掲句は「この餅を食べるとそのまま腸になるよ」、つまり胃腸が丈夫になると言われたのだろう。「言はれて」だから、決して信じているわけでも積極的に食べているわけでもなさそうだ。昔からの信心を興味深くまた諧謔を以て受け止める作者の心持が、中七の後の軽い〝切れ〟に表れている。

32 二百十日《にひゃくとおか》

立春から数えて二百十日目。新暦では九月一日か二日頃。昔はちょうど稲の開花期で、台風襲来の時期と重なることから、農家では「厄日」として警戒してきた。また立春から二百二十日目の「二百二十日」も同様の意味で厄日とし、旧暦八月一日の「八朔」と共に、農家の三大厄日とされる。

風を鎮めるため、二百十日の前後に、風神である竜田または広瀬の神を祀って豊作を祈る「風祭」が行われる。風の祭祀は全国の神社や寺院、各集落の祠や家々などで広く催されるが、土地の習俗とも調和し、地域性を持つ。風を切る呪《まじな》いとして、鎌を軒先や屋根の上に取り付けたり(風切り鎌)、風除けの札を田畑に立てたりする。「風日待《かざひまち》」は、人々が集まって飲食をし、神社や堂に忌籠りをする風習。富山県内には不吹堂《ふかんどう》や風神堂が分布する。

風害は農業にとって死活的な問題だが、一方で風は、水や太陽と同様に必須のものでもある。漁業にとっても、風はその両面性を持つ。風神の呼称「風の三郎」には、強風を怖れつつ順風を待ち、風と共に暮らしてきた民の息づかいが感じ取れる。

島山を　い行き廻れる　川副ひの　丘辺の道ゆ　昨日こそ　わが越え来しか　一夜のみ　寝たりしからに　峯の上の　桜の花は　滝の瀬ゆ　激ちて流る　君が見む　その日までには　山下《やまおろし》の　風な吹きそと　うち越えて　名に負へる社《もり》に　風祭せな　『万葉集』（巻九・一七五一）

風祭を詠んだ高橋虫麻呂の長歌。難波宮に一泊して翌日平城京に帰った折の歌。「名に負へる社」とは龍田の社、奈良県三郷町にある龍田大社のことで、古くから風鎮大祭を催し今日に至る。七日間に亘って行われる祭の最後には、幻想的な風神花火を奉納する。千三百年におよぶ風祭の歴史は、即ち風と人の格闘の歴史である。

移り行く二百十日の群鴉　高浜虚子

何か獲物でも見つけたのか、鴉が群れながら移動していく。鳴き声を響かせて羽搏ち、争いながら移動するその光景は不気味というよりほかない。鴉はもはや鴉ではなく、不吉なものを連想させる黒い飛翔体でしかない。読者をそこまで深入りさせ、共鳴させるのは

「二百十日」ゆえだ。

水槽に魚のはりつく厄日かな　　佐藤博美

自宅の水槽か店の生簀か、水底に貼り付くように沈んで動かない魚がいる。まるで水中に不穏なことでも起きているかのように、或いは二百十日を感知しているかのように、じっと何かをやり過ごそうとしている。水の中にも「厄日」を捉え、水底の魚という具象に重ねた。

八朔や白かたびらのうるし紋　　坂東みの介

坂東みの介は歌舞伎役者の八代目坂東三津五郎。八代目は美食家・随筆家としても著名で、『戯場戯語』で第十七回日本エッセイストクラブ賞を受賞している。「朔」は月の始めの第一日目のことで、「八朔」は、八月朔日（旧暦）の略。九月初旬の厄日の前後に当ることから、台風の影響で天気が荒れることが多く「八朔荒れ」と称される。稲が穂を出す頃なので古く農家では、初穂の実りを感謝し、田の神に農作を祈る行事を行った。穀物すなわち「田の実」を祝うことから「たのみの祝」「たのむの節」とも言う。

後に〝頼み〟に掛けて、公家や武家社会でも日頃お世話になっている人に贈答する習慣が生まれた。

また花街では、吉日として贈答をして祝う風習があった。「はや八朔の白無垢の雪白砂に降りあがり」（清元「北州」より）。吉原では、遊女たちが雪に見立てた白い小袖を着て、残暑に涼を演出した。

「おめでとうさんどす。よろしゅうおたの申します」。京都の五花街では、八朔（現在は新暦の八月一日）の午前中、茶屋や芸事の師匠の家に、舞妓や芸妓が挨拶に訪れる。祇園甲部では、絽の黒紋付の正装で芸妓や舞妓が行き交う姿が艶やかだ。

さて掲句、徳川家康が初めて公式に江戸城に入城した日が天正十八年（一五九〇年）八月一日だったことから、江戸幕府はこの日を正月に次ぐ祝日と定めた。八朔には武士たちは江戸城に上り、将軍に挨拶をする「八朔の儀式」が行われた。白帷子に長袴姿の武士たちが、儀式に参列する景を描いているが、焦点は儀式全体から一武士へとズームインされ、「うるし紋」一点に絞られる。麻布の帷子に著けく浮き上がった家紋が「ハレ」の表徴なのだ。

踊の手ひらひら進み風の盆　福田蓼汀

「風の盆」は、富山県八尾町で新暦九月一日から三日間行われる行事。盂蘭盆の祖霊を祀る行事であったものが後に厄日の風鎮めと習合し、三百年以上の歴史を持つ。地方《じかた》の演奏に誘われて越中おわら節を唄い、夜を徹して坂がかりの町を踊り歩く。わけても哀調を帯びた胡弓の音色が風韻に富む。

私も泊りがけで「風の盆」を見に行ったことがあるが、観光客が去った明け方に、どこからともなく胡弓の音色が聞こえ、町流しがめぐる様子は、踊りや祈りの根源を思わせ、神秘的であった。

風の盆ひとつの月に踊りけり　　黛　まどか

五節句

33 人日《じんじつ》

正月七日のことで、「人日」は中国の習俗から来た呼称。人の日、元七、霊辰、人勝節とも言う。

前漢の文人・東方朔の『占書』にある習俗の一つで、正月の一日から六日まで獣畜を占い、七日に人を占うことからきている。一日は鶏、二日は狗、三日は羊、四日は猪、五日は牛、六日は馬、七日は人の日とし、それぞれの日にはその動物を殺生しないこととしていた。そこで七日の人日には、犯罪者に対する処罰を行わないことになっていた。また、この日の天候でその年の運勢を占った。

日本ではこの日までを松の内とし、七日は「七日正月」「七日の節句」とも言われ、五節句の最初の日である。七日を過ぎると門松や松飾りも外して、松送りをするところが多い。

七日正月の前夜は「六日年越し」と呼び、様々な風習が残る。七種の草を粥に入れて炊く「七種粥」は、もともとは京洛周辺の七つの野で摘んだ野草を粥に入れて祝って食した宮中の行事で、江戸時代に入って、人日は幕府の公式行事となり、後に庶民にも普及した。中国の年中行事を記した『荊楚歳時記』には「正月七日を人日と為なし、七種の菜を以て羹《あつもの》と為す」とあり、中国の古俗が起源とされる。

人日のちらちら雪の影を地に　阿部みどり女

人日は小寒（一月五日頃）の後になるため、これから寒さも本格的になるという時期。七十二候では一月五日〜九日頃が「芹乃栄《せりすなわちさかう》」。まだところどころに氷の張るような寒さの中、早くも芹が生え始める。

人日といえば、そろそろ正月気分も消え、何もかもが日常に戻る頃だ。ふと外に目をやれば、雪が地に影を落としながらちらちらと舞っている。「ハレ」から「ケ」へと移行する人の心の機微を、降る雪に捉えた。

七草囃す父の地声のしづかな夜　太田鴻村

「七草囃す」は七種粥に入れる春の七草、芹、薺《なずな》、御形、繁縷《はこべら》、仏座、菘《すずな》、蘿蔔《すずしろ》を囃しながら叩くこと。正月六日の晩に「七種なずな　唐土の鳥が　日本の国へ（「日本の土地へ」

「日本の鳥と」など諸説あり）渡らぬさきに　七種なずな…」と囃しながら、大きな音を立てながらまな板の上で刻む。これは鳥追いの文句であったようだ。春の七草を入れて炊いた粥を七日に食すと万病を払い邪気を除く効用があるとされる。

掲句、「しづかな」は「父の地声」にも「夜」にも係る。我が家では毎年祖母が七草を囃したが、祖母が亡くなってからは、父が代わってやるようになった。父の落ちついた低い声は、包丁の賑やかな音に紛れることはなく、邪気を払ってくれるような気がした。正月で「ハレ」の料理を食べ過ぎた後、白い粥に若菜の緑が目にも胃にも優しい。

あをあをと春七草の売れのこり　　高野素十

正月七日には珍重される「春の七草」だが、人日を過ぎてしまえば買う人もいない。八百屋の店先に置かれた売れ残りの春の七草に、「あをあをと」耀く命を見出し、活写した一句。

二〇一〇年四月から一年間、文化庁の派遣事業でヨーロッパ各地で日本文化を発信する活動をしたのだが、正月七日にパリの日本大使館で賀詞交歓会が催された。その折、振る舞われた七種粥が今も忘れられない。パリで日本の春の七草をすべて調達することは出来ないが、代わりにルッコラなど現地特産の野菜が加えられ、まさに文化の融合の一品だった。母国を離れた地で正月を迎えた日本人に、七種粥を食べさせたいと料理人が知恵と工夫を凝らしたという。身体にも心にも沁みた七種粥だった。同時に、異国の地で体験した日本の風習に、自分の根っこが日本にあることをあらためて実感した。

川上へ移りてゆけり若菜摘み　伊藤通明

「若菜摘」は正月の初の子の日に野に出て若菜を摘むこと。若菜とは七種粥に入れる春草のことで、新春の若菜の生命力にあやかろうとした。また、若い女性の手で摘むのが佳しとされた。

籠もよ　み籠持ち　掘串もよ　み掘串持ち　この岳に　菜摘ます児
家聞かな　名告らさね　そらみつ　大和の国は　おしなべて　われこそ
居れ　しきなべて　われこそ座せ　われこそは　告らめ　家をも名をも
（巻一・一）

『万葉集』の巻頭に掲げられた雄略天皇の御製歌《おほみうた》は、籠を手に菜を摘む乙女に行き合わせた天皇が、「あなたはどこの家の何という名前の娘か」と呼びかけた歌である。「この大和の国はすべて私が支配しているのだ」と自分のことを告げながら。天皇が目にした風景はまさに「若菜摘」であり、現代の「七種粥」に通ずる原型がここにある。

小鋏の根付の鈴や薺爪　山田梅屋

七種粥に使う薺を少しとっておいて水に浸けておき、その水で爪をしめらせてから切ると、邪気を払うとされる。「七種爪」、「薺爪」など。地方によっては「菜爪」という。小さな爪切り鋏に根付の鈴が付いている。鋏を動かすたびにあえかな愛らしい音を響かせる鈴。「小鋏」「根付の鈴」といったモチーフは、「薺爪」というゆかしい風習に適う。

34 上巳《じょうし》

古代中国では、陰暦三月最初の巳の日を節日とし、水辺で禊を行った。後に「三日」と定め、「上巳《じょうし》の節句」となった。（「上巳《じょうみ》」「元巳《げんし》」「重三《ちょうさん》」）。

水辺での禊は、宮中で「曲水の宴」に発展。日本に伝播したのは五世紀末で、顕宗天皇一年（四八五年）三月三日。後苑で曲水の宴が行われたことが『日本書紀』に記されている。天平勝宝二年（七五〇年）三月三日、大伴家持は、赴任先の越中の館で曲水の宴を催した。『万葉集』には次の歌を残している。

漢人も筏浮べて遊ぶとふ今日そわが背子花縵せよ　（巻十九・四一五三）

また、上巳の禊の風習はその後、人形《ひとがた》に自分の身体を撫でて穢れを移し、これを川や海に流して厄を祓う行事になった。後にこの人形が雛人形へと変わり、室町時代から雛祭となる。さらに女児の成長と幸福を祈願し、雛段を設けて、人形や調度品、菱餅、白酒、桃の花などを供える行事へと変化した。

上巳の頃は桃の花の季節なので、「桃の節句」とも呼ばれる。桃は古来邪気を祓う仙木とされていたため、桃の花を飾ったり、桃の花を浮かべた酒を飲んだりして邪気を払う。現在は新暦の三月三日に行うところが多いが、その頃はまだ桃が咲いていないため、旧暦で行うところも少なくない。七十二候の「桃始笑《ももはじめてわらう》」は三月十一日～十五日頃。

飾られて眠らぬ雛となり給ふ　五所平之助

道具や供え物と共に雛段にきれいに飾られた雛たち。夜になって家の者は眠りにつき、灯は消えても、雛の宴はそのまま続いているのだ。そこには人々が知らない時間が流れている。闇の中の宴にはそこはかと哀愁が漂う。昼間の雛の美しさや祭の賑わいではなく、夜の雛を捉えて印象深い雛の句となった。

作者五所平之助（一九〇二年～一九八一年）は映画監督で、日本初のトーキー映画を制作。『黄色いからす』でゴールデングローブ賞外国語映画賞を受賞。代表作に田中絹代主演の『伊豆の踊子』など。俳句では「春燈」に所属したが、抒情的な句は映画的だと評された。

草の戸も住替る代ぞひなの家　松尾芭蕉

『おくのほそ道』での第一句。自分が住んでいた頃は侘しい草庵だったが、新たに人が暮らし始めて、雛などを飾りすっかり賑やかな家になっているという意。深川にあった庵を人に譲ってこれからは旅を栖とし旅人として生きると決めた芭蕉にとって、雛の家は対照的な存在であった。奥への旅の覚悟も滲ませる一句。

仕る手に笛もなし古雛　松本たかし

いつか失くしてしまったのだろう。古雛の五人囃子の手から笛が消えてしまっている。しかし笛がなくなって尚、ややに肘を張って構え、今にも笛を奏でそうだ。

作者松本たかしは、宝生流能楽師の家の長男として生まれ、五歳より修業をはじめたが、病弱ゆえに断念。弟の松本惠雄は能楽師になり、後に人間国宝となった。

五人囃の元服前の少年。笛を失くした五人囃子に自分自身を重ねているのかもしれない。しかし、たかしはその才能を俳句に発揮させ、高雅な詩情を俳句に奏で続けた。

てのひらにかざつて見るや市の雛　小林一茶

昔は雛祭を前に、市中に雛人形や道具を売る市が立った。江戸では麹町、人形町、浅草、神楽坂上、芝新明町などに。京都では四条、五条の東に、大阪では御堂筋、順慶町などに雛市が立ち賑わったそうだ。

掲句も市で雛を求めている光景を詠んでいる。どの雛にしようかとてのひらに載せて眺めては考える。その仕草がいかにも雛を選ぶのにふさわしく愛らしい。雛と心を通わせる幼子の純真さを詠んだ。

曲水の詩や盃に遅れたる　正岡子規

曲水に臨んだ詠み人が上流から流される盃が自分の前を通り過ぎる前に詩歌を作る。子規の句は、歌の出来るのが遅かったのだろう。「曲水の詩や」で切ってはいるが、詩が盃に遅れて流れていくようで、なんとも雅なイメージだ。

古代中国に始まった曲水の宴だが、三五三年三月三日、書聖として名高い王義之が、現在の浙江省紹興市にある別荘蘭亭において催した「曲水流觴」（曲水の宴）は歴史に残る。

招待された文雅の名士四十一人はまず水で禊をしてから、曲水に臨んで座った。蓮の葉に載せた盃が自分の前を通過する前に詩を詠むという趣向である。詠めなければ紹興酒を三觥《こう》飲まなくてはいけない（觥とは二五〇CC入る盃のこと）。その折に詠じられた漢詩集の序文を王義之が記した草稿「蘭亭序」は、書の最高傑作ともいわれる。

私も以前、紹興市に復元された蘭亭を訪ねたことがある。「曲水流觴」に参加した四十一名のうち十一名は二首詠み、十五名は一首ずつ詠んだという。残りの十五名はしたたか紹興酒を飲んだことだろう。曲水のせせらぎに佇むと、当時の文人たちの哄笑が聞こえてくるようだった。

日本では現在も、京都の城南宮や岩手県一関市毛越寺（五月開催）で曲水の宴が行われている。平安装束を纏った男女が庭園内の遣水に盃を浮かべ、歌を詠み合う姿は平安絵巻さながらだ。

あたゝかき雨夜の雛を納めけり　　西島麦南

節句が終わると、雛はすぐに片付けられる。柔らかい和紙で顔や細々とした雛道具を一つ一つ包み、箱に仕舞っていく。この日に蕎麦を供えて食する地方もあるそうだ。雛をいつまでも出しておくと娘の婚期が遅れるという言い伝えもある。

掲句は雛納の日に雨が降ったのだ。しかも夜の雨となれば静けさの中での雛納となったことだろう。雛に声をかけながら丁寧に箱に納める様子が目に浮かぶ。「あたたかき雨」が「雛納」の本情と合致する。


ややありて流れはじめし雛《ひいな》かな　　黛　まどか

「流し雛」「雛流し」は、人形に穢れを移して流す厄落しの行事と、後の雛祭が習合し、雛を川や海に流す行事。江戸時代に相模国で行われていた雛流しは、古雛を相模川に流していた。

現在では和歌山市の加太や鳥取県の用瀬町、京都下鴨神社の雛流しが全国的にも有名だ。加太の淡島神社では全国から奉納された雛人形を供養した後、木舟に乗せて海へ流す。

拙句は用瀬町の「流し雛」を詠んだ。着物を着た女の子たちが、桃の花や供物などを添えた紙雛を桟俵に載せて、千代川に流す。桟俵が手から離れると、掌を合わせ息災を祈る。祈りと厄を受けとめた雛は、しばらく別れを惜しむように川の淵を漂い、やがて一気に流れに乗っていった。

35 端午《たんご》

端午は旧暦五月五日で、中国の風習を起源とする。〝端〟は初めの意で、五月最初の午の日をさすが、〝午〟と〝五〟は中国語で音《おん》が同じなので、後に五月五日となった。五が二つ重なるので「重五」ともいう。

旧暦の五月五日はちょうど梅雨入りの頃なので、気温も湿度も上がり、疫病や害虫が発生した。そこで古くは、蓬《よもぎ》でつくった人形などを門戸に吊るして邪気を払ったり、「薬猟《くすりがり》」といって山野で薬草や鹿の若角を競い狩る風習があった。

中国では今も旧暦の五月五日に、疫病退散や厄除けのために端午の節句を祝う。菖蒲や蓬を吊るし、粽《ちまき》を食べ、龍舟（通称ドラゴンボート）で競い合う「競渡」をする。競渡は、春秋戦国時代を代表する詩人で政治家の屈原《くつげん》の故事に由来する。讒言《ざんげん》により地方へ追放された屈原は、秦によって滅亡に瀕する祖国（楚）を憂いて、汨羅《べきら》江に身を投げた。屈原を救うため、多くの舟が競って漕ぎ出したという。これが「競渡」の発祥で、五月五日の屈原の命日に、供養として今も行われている。

端午の節句は七世紀前半には日本に伝わっていたようだ。『日本書紀』によれば、推古十九年（六一一年）五月五日に、大和の菟田野《うだのの》にて薬猟をしたとある。明け方、冠位の色と同じ色の衣装を纏った諸臣たちが冠に飾りを付け、着飾って薬猟へと出発している。

あかねさす紫野行き標野行き野守は見ずや君が袖振る　額田王

紫草のにほへる妹を憎くあらば人妻ゆゑにわれ恋ひめやも　大海人皇子

大海人皇子（後の天武天皇）と額田王が、蒲生野の標野で交わした有名な相聞歌も、背景は端午の日の薬猟だ（『万葉集』巻一・二十、二十一）。猟と言っても優雅で遊楽的傾向が濃く、薬猟の後には宴が催された。二人の歌もその宴席で詠まれたものだ。

杜若衣に摺りつけ大夫の着襲ひ狩する月は来にけり

『万葉集』（巻十七・三九二一）

天平十六年（七四四年）、大伴家持も平城《なら》の故郷にて薬猟を楽しみ、歌に詠んでいる。『日本書紀』に書かれた通り、男たちは着飾って薬猟を楽しんだのだ。

平安時代になると、邪気を払う具として種々の香料を玉にして錦の袋に入れ、菖蒲や蓬を添えて結び、五色の糸を長く垂らして「薬玉」を作って贈答した。薬玉は九月の重陽の節句まで掛けられた。

「節《せち》は、五月にしく月はなし」。清少納言は節句の中では五月五日に及ぶものはないと、端午に軍配をあげている。曇り空の下、御所から庶民の家まで、菖蒲や蓬を競い合うように軒に葺き渡す光景を称えている。中宮の御所では、美しい薬玉が献上されたり、文のやりとりにも菖蒲が使われて、きわめて優雅な一日であったようだ。

宮廷の行事であった端午の節句は、武士の世になると〝菖蒲〟と〝尚武〟をかけ、男子の成長を願う行事へと変化し、国風化していく。幟《のぼり》を上げたり、武者人形を飾るなどし、江戸時代に入ると、民間にも広がった。


屋根の上に山がかさなる菖蒲葺く　長谷川素逝

山に囲まれた盆地だろうか。裏山を背負った家なのだろう。地方の旧家を思わせる。庇に菖蒲が葺かれた大きな屋根が見える。さらにその屋根にかぶさるように山が幾重にも連なっている。しかも端午の季節の緑滴る山々だ。近景の菖蒲の緑と遠景の山の緑が清々しく呼応し合い、匂い立つようだ。

土倉の寸莎《すさ》をあらはに旧端午　黛執

「寸莎」はひび割れを防ぐために壁土に混ぜ込む藁や麻、紙などの細片をいう。その寸莎があらわになっているのだから、立派な漆喰の蔵ではない。素朴な土倉だ。前出句が端午の日の大きな景を捉えているとすれば、掲句は生活の中の微かな綻びに焦点を当て、そこに端午の季節感を捉えている。

中国から日本の宮廷へと渡り、武家社会から庶民へと受け継がれた端午とはまったくルーツを異にして、日本では元来農事との関わりから旧暦五月は重要な忌月であった。宮本常一の『民間暦』によれば五月四日の夕刻に菖蒲で家の庇を葺き、五日の明け方まで女たちが畳三畳の部屋に籠り、蕗のご飯を食べる風習「女の家」があったという（「女の宿」「女の晩」「女の天下」とも）。男たちは仮装して田の神として女の家を訪ね、女たちは田の神の巫女として待遇した。つまり田植の前に早乙女が身を清めて、田の神を迎えたということだ。田の神信仰と中国の風習が習合したものが日本の端午の節句だ。

旧暦の端午の頃は田植期に当たり、農家は繁忙期だ。掲句には田の神信仰に基づく土俗的な匂いが充満する。

灯のさして菖蒲片寄る湯槽《ゆぶね》かな　内藤鳴雪

端午の節句には、無病息災を願って菖蒲の束を風呂に浮かべる。束ねられた菖蒲は浴槽の中を揺蕩《たゆた》うが、すぐに隅の方に片寄ってしまう。それをまた自分の方へ引き寄せる。「灯のさして」と「菖蒲片寄る」に因果関係はないが、浮いて漂う浴槽の菖蒲を上手く捉えている。

鯉幟風に折れ又風に伸ぶ　山口誓子

江戸時代になり、庶民の間で端午の節句が広まると、男子の誕生に、出世魚とされる鯉を模った幟や兜などの飾りを贈って、端午の節句を祝う習慣が始まる。かつては端午の節句が近づくと幟などを売る市が立った（幟市）。風がなくなると萎み、風が出てくると息を吹き返したように総身を空にはためかせる鯉幟。その様子を「風に折れ又風に伸ぶ」と表現。風あっての鯉幟である。

母の膝娘の膝や粽結ふ

高野素十

粽は、糯米《もちごめ》や粳米《うるちまい》の粉、葛粉などを水で練り、茅《ちがや》の葉や竹の皮、熊笹などで包んで糸や藺草《いぐさ》で縛って蒸したもの。端午の節句に神仏に供えてから食べる。

この日、粽を食べるのは、前述の屈原の命日に、その姉や屈原を慕う人々が供養のために（魚に屈原の遺体が食べられないようにという説もある）汨羅江に握り飯を投げ入れたことに始まるという。

母と娘たちが膝を寄せ合って粽を結っている。一家の男子のために作る粽だが、台所には湯気が上り、時折笑い声も聞こえてきて女性たちもまた楽しそうだ。その光景を少し離れたところから眺めている作者の眼差が優しい。

36 七夕《しちせき》

七夕は旧暦七月七日の行事で、別名「星祭」。中国伝来の「乞巧奠《きこうでん》」の行事と、日本古来の「棚機《たなばた》つ女《め》」の習俗が一つになったもの。

「乞巧奠」の〝乞巧〟は、巧くなることを乞うの意。〝奠〟は、神仏に物を供えて祭ること。七月七日の夜、牽牛星と織女星が年に一度だけ逢瀬を許されるという伝説に基づき、裁縫や手習いの上達を祈って、供え物をして星を祭る。

他方、「棚機つ女」は、人里離れた川や池、湖の淵、海浜などの水辺に棚をかけて機屋をつくり、乙女たちが禊をして籠って神の来臨を待ちつつ一夜を過ごす。

中国と日本の行事は、二星が出会うように融合し、やがて多様な風習を次々に生んだ。

奈良時代に日本にもたらされると、乞巧奠は宮中の儀式として始まる。清涼殿東庭に設えた祭壇に、琴柱を立てた十三弦の琴が置かれ、九つの燭台に火をともし、終夜火取香の空薫をする。几帳には五色の帳と糸を掛け、七日の朝、里芋の葉の露を集めて磨った墨で、梶の葉七枚に歌を書きつけたり、七つの盥に水を入れてその中に鏡を浸し、星を映したりした。

こういった様々な行事は、「庭の立琴」「星の薫物」「願の糸」「五色の糸」「硯洗」「梶の葉」「七箇の池」など、雅な季語として歳時記に受け継がれている。

やがて「棚機つ女」と習合した七夕の行事は、江戸時代になると五節句の一つとなり、民間でも広く行われるようになる。宮中で行われていた五色の「願の糸」は、笹竹に飾るようになり、詩歌を記す「梶の葉」は、市中で梶の葉売りが売り歩いたという。

七夕や髪濡れしまま人に逢ふ　　橋本多佳子

前述の通り、かつて日本では乙女が水辺で機を織りながら、神の到来を待った。また七夕の前夜は、日頃使っている硯や文机を洗い浄めた。

地方によっては、この日を盆始めとして「七日盆」と呼び、藁で作った馬を軒に吊るし、井戸や池を浚って水を替え、盆花を採りに山野へ行く。農村では川に入って親を七回拝み、女性が盥の水に縫針を浸し、髪を洗う習俗があった。「晒井」「髪洗ふ」は、意味合いを少し変えて「夏」の季語として歳時記に残る。

「眠流し《ねむりながし》」は七夕の灯籠送りのことで、藁で作った人形や舟を飾り竹と一緒に川や海に流す。夏の労働中に襲う睡魔を払うのが語源だという説もある。

いずれにしても、水に関わるこれらの儀礼は、穢れを祓い、身を浄める禊で、祖霊を盆に迎える準備でもある。日本の七夕は「水」の信仰だったのだ。

さて掲句、洗い髪もそのままに逢う人がいたのだろう。恋の句と想像したくなるが、俳句はその前後を説明しないので、真実はわからない。作者は「七夕」に「棚機つ女」を重ね、「洗ひ髪」の本意を踏まえつつ「今」の自分を詠う。素顔の美しい毅然とした女性像がくっきりと浮かぶ。

星合を明日に貧しき沼の星　　堀口星眠

「星合」は牽牛星と織女星が天の川を隔てて、年に一度逢うことをいう。ロマンを掻き立てる伝説は古来多くの歌や俳句に詠まれた。また「星の恋」「星の別れ」「星の契」など美しい季語も育んだ。牽牛は鷲座のアルタイル、織女は琴座のヴェガ。

叢に囲まれた小さな沼は煌めく数多の星を映すことはない。ひっそりとわずかな星々を映すのみである。星合の明日も、おそらく同じようなものだろう。七夕の「ハレ」の中に

「ケ」を掬いとる作者の詩情である。

かさゝぎの橋から啼て明けにけり　　三宅嘯山

二星が逢うために一役買うのが鵲だ。たくさんの鵲が翼を重ねて天の川に橋を架け、織女を渡す。大伴家持は「鵲の橋」を詠んでいる。

鵲の渡せる橋に置く霜の白きを見れば夜ぞ更けにける

『新古今和歌集』（巻六・冬歌・六二〇）

鵲橋伝説が日本に伝えられる前は、牽牛が舟に乗って天の川を渡り、織女を迎えに行くとされていた。「妻迎舟」「妻呼ぶ舟」「妻送舟」は七夕の季語である。

牽牛の孀迎へ船漕ぎ出らし天の川原に霧の立てるは

『万葉集』（巻八・一五二七）

木々は息深めて星の契かな　　鷺谷七菜子

山上憶良の一首。七夕の夜である。野山は森閑として二星の逢瀬を見守っている。それを「息深めて」と表現した。大地と空が息を合わせ、木々と星々が響き合うようなスケールの大きい一句だ。息を深めて星の契りに立ち合う木々は、作者自身でもあり、二星とその伝説を育んだ古代人へのオマージュでもある。

文月や六日も常の夜にハ似ず　松尾芭蕉

「文月」は陰暦七月の別称で、他に「七夕月」「涼月」「文披月《ふみひらきづき》」など。文披月は、七夕にお供えする書物をひらくという意味。

つまり文月六日の夜とは、七夕前夜を言う。掲句は『おくのほそ道』の途上での作で、

荒海や佐渡によこたふ天河

と並べている。明日が七夕だと思えば、前夜といえどもいつもとは違った夜空に見える……。華やぎと哀愁とが交錯する心持を詠う。そして二星を隔てる天の河の下には日本海の荒海が広がり、かつて佐渡に流された人々などに思いを馳せ、偲ぶのだ。荒海も天の河も距離の隔たりだけでなく、精神的な隔たりを伴って詠まれていて深い。二句は一対を成

しているようにも見える。

恋さまぐ願の糸も白きより　　与謝蕪村

「願の糸」は、七夕飾りに使う五色の糸。裁縫や技芸、書道、恋の成就などの願いを掛けて、娘たちが五色の糸を笹竹に飾る。色とりどりの糸もはじめはすべて白い。白い糸は無垢な少女たちの象徴なのだろう。すべての願いは叶うはずもなく、やがてそれぞれの色の運命を背負っていく。そして二度と白には戻れないのだ。

蕪村は晩年に授かった一人娘が、嫁して間もなく病を患い、半年で離縁となった。句はちょうどその頃に詠まれていて、七夕に願いを掛ける少女に、幼少の娘の俤《おもかげ》を重ねたのかもしれない。

七夕の空を映して忘れ潮　　黛　まどか

37 重陽《ちょうよう》

重陽は旧暦九月九日の行事。陰陽説で奇数は「陽」の数字とされているが、その極の〝九〟が重なることから「重陽」「重九」と呼ばれる。人日、上巳、端午、七夕、重陽の五節句の中で最も重要とされる。ちょうど菊が咲く季節なので、「菊の節句」「菊の日」ともいう。

もともとは中国の行事で、古代中国ではこの日、茱萸《しゅゆ》を入れた袋を持って山に登り、茱萸や菊花を浮かべた酒を飲んだり、茱萸を手折って頭に挿したりして災厄を祓った。

日本では、平安初期に宮廷の行事となり、毎年重陽の節句には「菊花の宴」が開かれ、菊を飾って愛でながら、「菊の酒」を飲んだ。また「菊の着綿」といって、重陽の前日、御殿の南階に植えた菊の上に真綿を置き、一晩外において露を含ませたものを、重陽の日の祝い物とした。菊の露を含んだ綿で身体を拭くと、長寿を保つとされた。

旧暦九月は農家にとっては稲の収穫期で、東北地方では九月の三度の九の日（九日、十九日、二十九日）を「三九日《さんくにち》」「刈上の節句」と呼び、餅を搗いて収穫を祝う。栗ご飯を炊き、「栗の節句」と呼ぶところもある。

長野県などでは「三九日《みくにち》」と呼び、茄子を食すと中風にならないとして「みくにち茄子」を食べる。中国地方では蒸した大豆を食すなど、地域によって様々だ。

三九日は、九日を神の日、十九日を農民の日、二十九日を町人の日として、大切な折り目を成す日としている。また「九日《おくにち》」と呼び、秋祭を行う地域もあり、特に九州では、長崎の諏訪大社の「長崎くんち」、佐賀県唐津神社の「唐津くんち」が有名だ。

菊の香にくらがり登る節句かな　　松尾芭蕉

元禄七年（一六九四年）九月九日、芭蕉最後の旅となった伊賀から大坂へ向かう途上の一句。奈良と大坂を結ぶ生駒山のくらがり峠で詠んだ。山路には野菊が咲き乱れていたのだろう。折しも重陽の節句の日であった。菊の香に癒され生気をもらいながら、峠道を歩く芭蕉。その一カ月後には亡くなるのだから、想像を絶する厳しい旅路だったに違いない。「くらがり」は峠の名だけでなく、死を目前にした芭蕉の心象でもある。

香具山の高きに登り立ちにけり　下村梅子

古代中国では重陽の日に山に登る行事が行われていたことから、歳時記に「登高」「高きに登る」の季語がある。「高きに登る」とは決して標高のある山を指すわけではない。重陽の日に、故事に因んで丘や山などに登ることをいう。

香具山と言えば、畝傍山、耳成山と共に大和三山と称される。持統天皇の藤原宮はこの三山に囲まれる地にあり、三山は多くの歌人に愛され、詠まれた。中でも神聖なる「天の香具山」として崇められてきた香具山。その香具山に作者は重陽の日に登り、頂に立っている。香具山の標高は一五二メートルだが、そこからは古《いにしえ》の都の跡が一望でき、恋争いの歌に詠まれた、畝傍山と耳成山も見えるだろう。「高きに登り」後、「立ちにけり」と強調したところに、眼前に広がる景色だけでなく、その上に積み上げられた歴史や歌、古人の思いを見つめようとする作者の意思が感じ取れる。

大和から菊のきせ綿もらひけり　松瀬青々

「菊の着綿」は、重陽の前夜に菊の花に真綿をかぶせて一晩おき、露を吸って菊の香が移った綿で身体を拭い、長寿を願う風習だ。

『枕草子』には「…九月九日は、暁方より雨すこし降りて、菊の露もこちたく、おほひたる綿なども、いたく濡れ、うつし香ももてはやされたる。つとめてはやみにたれど、なほ曇りて、ややもせば降り落ちぬべく見えたるも、をかし。」と、菊の着綿について記している。明け方に少し雨が降って、露とともに着綿を雫するほど濡らし、また菊の移り香もいっそう芳しいのが良いと、清少納言は言う。

作者松瀬青々は明治二年生まれ。「菊の着綿」の習慣は貴族から武家社会へ受け継がれ、江戸時代には庶民の間でも行われたそうだが、明治期に入り暦が旧暦から新暦へと変わると、九月九日にはまだ菊が咲かないことから、しだいに廃れてしまった。思いがけず、風流な「菊の着綿」をもらった。それも京都ではなく「大和」であった。その意外性が句の主眼であろう。

白妙の菊の枕を縫ひ上げし　杉田久女

「菊の枕」とは、菊の花を陰干しして乾かし、それを詰めて枕にしたもの。菊枕は邪気を祓うとされる。特に重陽の頃に摘んだ菊は珍重される。

作者の久女は随筆に「…陶淵明の東籬の菊にちなみ、恩師高浜虚子先生の延命長寿をいのるため、二三年前、白羽二重の枕に菊花を干してつめてさしあげたものである。」と書いている。久女は菊好きだった父の影響で自身も菊を愛した。菊枕を作る時には、千を超える菊を摘み取ってきた。「…夜長の灯の下にひとり菊花を数へつつ新聞紙の上にひろげてゆく時のたのしさ。菊は、六畳の部屋いっぱいにほされ、日和つづきの菊丘の草庵は縁も、座敷も菊の色香にみたされて、或夜は、たうとう布団しく所もなく戸棚の中に私は一人小さくなってふせった事もあった。」

菊の香に身も心も満たされながら敬愛する師を思い、恍惚として菊枕を縫いあげていく久女の姿が瞼に浮かぶ。果たして菊枕を受け取った虚子は、礼状に次の一句を添えた。

初夢にまにあひにける菊枕　　高浜虚子

一句を受け取った久女の喜びはいかばかりだっただろう。掲句は久女が代表句となる名句を次々と生んだ頃の作で、その数年後に、虚子の逆鱗に触れ、「ホトトギス」を除名となったことを思うと、一読者として句への思い入れがいっそう強くなる。

三井寺や十日の菊に小盃

森川許六

中国では重陽の翌日を「小重陽」として祝った。日本では小重陽を祝う慣習がないため、この日の菊を「十日の菊」または「後日《ごにち》の菊」と呼んだ。諺の「六日の菖蒲、十日の菊」は、時機に遅れて役に立たないことの譬えだ。また「残菊の宴」とは、支障があって重陽の節句が行えなかった場合の代わりの宴をさす。

森川許六は彦根藩士で芭蕉十哲の一人。重陽の日にはあれほどもてはやされた菊が、一日過ぎれば後日の菊となってしまう。その菊の花びらを浮かべて酒を飲むには、立派な盃ではなく小盃がふさわしい。時折三井の鐘が響いてくる近江……。華やかな節句の後のしみじみとした感慨が小盃に溢れる。

後の雛後ろ姿ぞ見られける

泉　鏡花

かつては、三月三日の雛祭に対して、九月九日の重陽の日にも雛を飾る習慣があった。「後の雛」「秋の雛」「菊雛」と呼ばれ、三月に桃の花を飾るのに対して、菊の花を飾る。廃れてしまった風習だが、ある展示会で、「尾花に立雛」の文様が描かれた江戸時代後期の商家の娘の振袖を見たことがある。華やかな中にもどこか寂し気な情趣は、鏡花の句の「後ろ姿ぞ見られける」に通っていた。

京都では今も幾つかの寺社で重陽の節会を行っている。五節句の中で最も重要とされながらも、現代の生活では縁の薄くなっている重陽の節句。いつか機会があれば訪れてみたいと願っている。

その他の伝統行事

38

正月《しょうがつ》事始《ことはじめ》

旧暦の十二月十三日（地域によっては十二月八日）に、正月の諸準備にとりかかること。御事始、正月始、十三日祝とも。現在は新暦で行われている。

煤払、松迎へ、餅つき、年木樵、飾作り、御節料理の用意、春着の支度など、新しい年に年神様を迎えるために、年の内から少しずつ準備を始める。十二月十三日は暦注・二十八宿の鬼宿日で、嫁取りのほかは万事に大吉とされていたため、年用意を始めるのにふさわしい日とされた。

正月事始の最初に行うのは煤払、つまり大掃除のこと。起源は平安時代の宮中まで遡るが、江戸時代になると江戸城で十二月十三日に煤払をしていたことから、庶民もそれに倣った。囲炉裏や竈、行灯の使用によって家の中に溜まった一年分の煤を払い、穢れを落として清める神事的な行事でもある。大店では煤払が済むと主人を胴上げして宴を開き、祝儀酒が振る舞われたという。この日を「煤取節供」と称して、煤払が終わった後に餅や団子、赤飯などを神棚へ供え、家族で食べる地域もあった（「煤の餅」「煤団子」）。煤湯は煤払の後に入る風呂のこと。

関西では、花柳界や芸能の世界で、事始に師匠や家元へ鏡餅（事始の餅）を持って挨拶に行く風習がある。弟子から師匠へ、分家から本家へ年末の挨拶をする「歳暮」の贈答も、この日に始まる地域が多い。

京なれやまして祇園の事始　水野白川

京都祇園甲部では、芸妓や舞妓が一重ねの鏡餅を持って、日頃お世話になっている芸事の師匠や茶屋へ挨拶に回る。煤払をして、この日から正月の用意を始めることから「正月起こし」とも言われた。「相変わりませずおたの申します」。京舞の井上流では、芸舞妓が家元に一年の感謝と新年へ向けての挨拶をして、一人ずつ祝儀の舞扇を手渡される。

事始が終わると、祇園では「おことうさんどす」という挨拶が交わされるようになる。語源は「お事多さん」で、「お忙しいことで何よりでございます」といった意。

事始朝の門掃くおちよぼかな　井上芳江

「おちょぼ」は揚屋や茶屋などで働く若い女性のこと。そもそもは豊臣秀吉に仕えた美女の名で、後に愛らしい娘のことを指すようになった。掲句のおちょぼは花街の仕込みさんだろうか。まだ着物に肩上げをした少女が、早朝に門口を掃いている。間もなく通りには美しく装ったお姐さんたちが事始の挨拶で行き交う。やがて少女も、その中の一人となるのだろう。事始の早朝の一景に、様々な物語が想像される。

上りはな畳かをれる事始　　小林貴子

挨拶に訪れた家の上りはなに、畳がよい香りを放った。正月用に畳を張り替えたのだろう。青々とした真新しい畳と清浄な空気が作者を出迎えたのだ。年の瀬の慌ただしい雰囲気の中にふと感受した「ハレ」の気が、畳の香に収斂されている。事始の一日の緊張感と華やぎが見事に表現されている。

谷山に子どもの声す松迎へ　　森　澄雄

門松をはじめ、御節料理や雑煮を煮炊きするための薪など、正月に必要な木を山から伐り出してくることを「松迎へ」という。新しい年の年男が、恵方にある山へ入って行う。

日頃は子供の声などしない谷山に、子供たちの明るい声が響いている。松迎への大人に付いて子供たちも山へ入って遊んでいるのだろう。こうやって年中行事は次の世代に引き継がれていく。自然も人も新年を迎える特別な気分の中にある。

煤竹の投げ出されある雪の上　　大橋宵火

かつて煤払の日は、煤竹売が売り声をあげて煤竹を売り歩いた。古来竹には邪気を払う力があるとされ、竹竿の先に藁や葉をつけて掃除道具として使った。「煤竹」「煤梵天」「清め竹」など。

煤竹売と言えば、『仮名手本忠臣蔵』で赤穂浪士の大高源吾が、討入りの前日両国橋で俳諧師宝井其角とばったり出会い、句を詠み交わす場面がある。大高源吾は吉良邸を監視していたのだが、その時扮していたのが煤竹売だ。討入りは十二月十四日だから、まさに煤払の日であった。

掲句、煤払の騒ぎが嘘のように静まり返った風景を詠んだ。俳人の目は用済みの「煤竹」も見逃さない。雪の上に投げ出された煤竹を描くことで、煤払そのものも言外にいきいきと描き出している。

旅寝してみしやうき世の煤はらひ　松尾芭蕉

『笈の小文』での旅中吟。半生は旅を栖とした芭蕉にとって、「煤はらひ」は既に縁のないものであったのだろう。旅の途上でたまたま見かけた煤払を「うき世」のものとして距離を置いて見る。旅に生き、孤独に生きる道は厳しい。時にはうき世の塵にまみれて暮らした日々を懐かしんだに違いない。家中総出で煤払に忙しい人々を少し遠くから眺める芭蕉には、「うき世」への未練さえも感じられる。旅立ちに残した「旅人と我名よばれん初しぐれ」と併せ読むと、いっそう心に響く。

さて、現代の十二月の風物詩ともなった神社仏閣の煤払。なかでも五百年の伝統を持つ京都の東西本願寺の「御煤払」は有名だ（十二月二十日）。竹の棒（割り竹）を両手に持った数百人の信徒たちが横一列になり、御影堂の畳（東本願寺九百畳・西本願寺七百畳）を端から一斉に叩きながら進む。舞い上がった埃は、二メートルもある大団扇で外に煽り出す。

煤籠り昼餉の時のすぎにけり　山口波津女

老人や子供、病人は掃除の邪魔をしないように別室に籠ったり、外出したりした。これらを「煤籠」「煤逃」などという。朝から煤籠をしている作者。襖の向こうでは忙しそうな声や時には笑い声も上がっている。手間取っているのだろうか、時間になったというのに、いっこうに昼餉が運ばれてこない。が、働き手として参加できないのだから、催促するわけにもいかない。忘れられたかのように一人で籠る作者である。少し世間を隔てた煤籠の微妙な心理を詠む。

39 灌仏会《かんぶつえ》

旧暦四月八日、釈尊誕生を祝して行う法会のことで、「仏生会」「誕生会」「降誕会」とも呼ばれる。悟りを開いた十二月八日の成道会、命日の二月十五日と並んで釈尊三大法要とされる。現在は新暦の四月八日に行う寺がほとんどだ。

新暦の四月八日または五月八日、寺々では、花で飾った小さな花御堂を境内に置き、その中に天と地を指さした銅製の誕生仏を安置する。参詣者は小柄杓で甘茶を仏像の頭上に注ぐ。釈迦が生まれた日に神々が祝福して「甘露の雨」を降らせ、その産湯に浸かったことに因む。〝灌〟は注ぐという意味。この日に甘茶を飲むと病気をしないとされ、参詣者には甘茶が振る舞われる。昔は、竹の筒に甘茶を入れて家に持ち帰り、子供の頭に付けて成長を祈ったり、甘茶で墨を磨り「千早振る卯月八日は吉日よ神さけ虫を成敗ぞする」と紙に書いて台所や厠などに貼り、虫除けのまじないをした。

灌仏会は中国では七、八世紀頃に普及。日本でも九世紀には宮中で行われていたようだ。

庶民に広まったのは江戸時代のこと。

もともと日本では旧暦四月八日は、「卯月八日」と言い、田に入ることを忌み、霊山（もしくは付近の高い山）に登って神を拝み、花を摘んでかざして家に持ち帰り、田や庭先に飾るなどして、山の神を田にお迎えする日であった。

西日本では山躑躅や空木、石楠花、樒、藤、山吹などの花を竿の先に束ねた「天道花《てんとうばな》」（「八日花」「高花」とも）を庭や門口に立てて田の神をお迎えし、豊作を祈願した。

灌仏会は日本古来の山の神信仰と渡来の仏教行事が習合したものだ。

灌仏会摘みしれんげはすぐ萎《しな》へ　細見綾子

灌仏会に使われる花御堂は、麻耶夫人《ぶにん》が無憂樹《むうじゅ》の下で釈迦を産んだという伝説の藍毘尼《ルンビニー》の花園を模している。四本柱の小さな四阿に、椿、桜、連翹、木蓮、辛夷、菜の花、薊、豆の花など季節の花で屋根や御堂の周囲を葺く。

掲句はまさにその花御堂を詠んでいる。とりどりの花の中には近くの野で子供たちが摘んできたれんげなどの草花もあったのだろう。萎れたれんげに、素朴な寺の花祭の賑わいと子供の愛らしさを見出したのは、いかにも女性らしい細やかな視点だ。立派な花でなくとも、釈迦も麻耶夫人も喜ばれるに違いない。

ぬかづけばわれも善女や仏生会　杉田久女

明治二十三年生まれの杉田久女は、大正から昭和の初期にかけて活躍した女流俳人の草分けだ。早くから俳句の才能を開花させたが、純粋で一途な性格は周囲と軋轢を生みやすく、家庭内での不和は小説や芝居、ドラマなどにもなった。「ぬかづけばわれも善女や」には、やるせない心の葛藤と孤独が滲む。

無憂華の木蔭はいづこ佛生會　久女

麻耶夫人が出産のため実家に帰る途中、藍毘尼園の樹の下で休息した時に釈迦は誕生した。安産だったため、その樹は「無憂樹」と名づけられた。

「ホトトギス」を除名されてからも、他結社に属することなく「ホトトギス」に投句を続けた久女。もちろんそれらの句が誌面に掲載されることはなく、また一冊の句集も上梓できないまま終戦直後の混乱の中、持病が悪化し五十五歳で亡くなった。

不遇の境涯を生きた久女にとって、憂いのない場所などなかったのではないだろうか。

子どもらも頭に浴びる甘茶かな　小林一茶

「甘茶」は甘茶蔓の葉を煎じたもので、ほんのりと甘い。小さな柄杓で掬って誕生仏の頭に注ぎかけるが、本来は妙香の湯水を用いた。鎌倉時代には五種香を用いた香水で灌仏していたため、「五香水」と言われた。

甘茶を使うようになったのは、仏生会が広まった江戸時代のこと。美しい花に彩られた祭と美味しい甘茶は、子供たちにとって春の楽しみの一つだった。誕生仏だけでなく、子供たちの頭にも甘茶をかけてやるのは、子の成長と息災を願うためだ。

山寺や蝶が受取る甘茶水　一茶

五十二歳で初めて妻帯した一茶だが、長男千太郎は生まれてすぐに亡くなり、その後五十六歳で授かった長女さとも可愛いさかりの数えの二歳で夭逝する。さらに次男、三男にも先立たれた一茶にとって、子供の頭に甘茶をかけてやることは、単に風習ではなく、真の祈りであった。

花祭母の背ぬくし風甘し　　楠本憲吉

一般には、灌仏会や仏生会より「花祭」と呼ぶ方が馴染み深いかもしれない。最初に「花祭」という名称を用いたのは浄土宗の寺院だ。花祭には稚児行列なども行われ、子供が主役の春らしい賑やかな行事である。

掲句は幼い頃の思い出だろう。母に負ぶわれて灌仏会へと行った作者。仏に甘茶を注ぎ、自分も飲んで、再び母の背に戻った。母の背からは花祭の境内の様子がよく見渡せる。なんと明るく美しい思い出だろう。まだ花冷の冷たい風も吹く頃だが、母の背中は温い。そして花や甘茶の甘い香りを風が運んでくる。「花祭」の思い出を五感で見事に表現している。

その中に遍路もゐたり花祭　　黛　まどか

二〇一七年春に四国遍路千四百キロメートルを通しで歩いた。四月初旬に一番札所を出発したのだが、札所も途中の遍路道も桜をはじめ様々な花が咲き乱れ、まさに花遍路であった。さなくとも桜の咲く頃の遍路寺は多くの参拝客で賑わう。しかも仏生会となるといっそう華やかだ。子供や参拝客に交じって白装束のお遍路さんも誕生仏に甘茶をかけていた。中には外国人の遍路もいて、見様見真似で甘茶をかけ、掌を合わせていた。厳しい遍路の道中に行き会った束の間の安らぎであった。色とりどりの花御堂に白装束が対照的で、今もその光景が目に焼き付いている。

花祭の寺を一歩出れば、再び〝同行二人〟の道のりが始まる。

40 盂蘭盆《うらぼん》

盂蘭盆は、旧暦七月十三日の夕刻から十五日（または十六日）の間に、先祖の霊を迎えて慰め、もてなし、送るまでの仏教行事。地域や宗派によって風習は異なる。また現在では新暦の七月十三日~十六日、八月十三日~十六日に行うところが多い。「魂祭」「お盆」「盂蘭盆会」ともいう。

語源はサンスクリット語「ウランバナ」の転訛した音訳とされ、意味は倒懸《とうけん》、逆さ吊りのこと。釈迦の高弟で神通力のあった目連《もくれん》が、餓鬼道に落ちた母を救おうと、様々な神通力を使うがどれも役に立たない。そこで釈迦の教えに従って、安居《あんご》が明けた解夏《げげ》の旧暦七月十五日に、修行僧たちに施しをすると、その功徳によって母が救われたという目連救母伝説が元になっている。

また盂蘭盆は、イラン語系の死霊を意味する「ウルバン」が語源だという説もある。ウルバンは、霊魂の祭祀であると同時に収穫祭でもある。イラン系ソグド人によって中国に麦作と共に伝えられ、七月十五日の麦の収穫祭「中元」と、修行僧の自恣（七月十五日）が結び付いたとされる。

日本に盂蘭盆が伝わったのは七世紀初期の推古天皇の時代で、最初は宮中の行事だった。八世紀、聖武天皇の時代になると、恒例の仏教行事として毎年行われるようになる。平安期には、盂蘭盆に「施餓鬼」を行うようになり、一般寺院でも盂蘭盆と施餓鬼を併せ行うようになった。

鎌倉時代になると、幕府が執り行うようになり、鎌倉末期には庶民の間でも盂蘭盆には祖先のために読経し、供え物をするようになる。

今のように家々が盆棚を設えて供え物をしたり、僧侶が棚経を上げて回ったりするようになったのは、江戸時代に入ってからだ。

中国伝来の仏教行事と日本古来の祖霊崇拝が融合したものが日本の盂蘭盆だ。

盆路をつくると夕日まみれかな　　黛執

山や墓地から家へ精霊が帰ってくる道を整備するため、盆前に草を刈り、掃除をして「盆《ぼん》路《みち》」をつくる。盂蘭盆の頃は残暑も厳しく、草も生い茂っている。先祖が迷わないよう道をきれいにしようと草刈りを始めるのだが、夕方までかかってしまった。汗まみれ泥まみれで盆路をつくる人の先祖への思い。こうやって毎年毎年、代々、祖霊を迎えてきたのだ。「夕日まみれ」には、古来の行事を暮らしの中で尊び、先祖の霊と共に生きる人々への敬愛が込められている。

川音のいちにち高き盆仕度　執

「盆仕度」とは、前述の盆路の整備や墓掃除、井戸や池浚いの他、家の中では仏具を浄め、盆棚（または精霊棚）を作ること。かつては、盆棚に飾る盆花（溝萩、女郎花、山百合、樒、鬼燈《ほおずき》、撫子、桔梗）や蓮の葉、真菰で作った馬、筵、燈籠、鬼燈、土器《かわらけ》、ろうそくなどは、十二日の「草の市」で売られた。地方によっては「盆花売」が売りに回ったそうだ。また盆花は、「盆花折」「お花取」などと呼び、本来は野山から採取してくるものとされていた。「川音のいちにち高き」には、故郷の川の清らかさと豊かさが自ずと現われている。亡くなった人たちが間もなく帰ってくる……。そんな気持ちの昂りの中で、着々と盆仕度が進む故郷では、山河までもが昂っているかのように、川音がいつにも増して高らかに響いているのだ。同時に、盆前の静けさが川音によって表出されている。

いつまでも夕べ明るき迎へ盆　執

先祖の霊を迎えるために、七月十三日の夕方に、門口や玄関前で、「迎へ火」を焚く。多くは苧殻を燃やすので「苧殻火」とも呼ぶが、地方によっては藁や麦稈、豆殻を焚くところもある。盂蘭盆の頃はまだ日も長い。先祖を歓迎するかのように明るい夕べである。

祖霊たちは、迎へ火を頼りに、胡瓜や真菰で作られた精霊馬に乗って帰ってくる。そして、花や季節の野菜・果物などを供えた仏壇や盆棚（精霊棚）に迎え入れられ、四日間家族と共に過ごすのだ。私の故郷では盆の入は、お団子と素麺をお供えし、十五日は小豆を入れた赤飯《あかめし》を炊く。あとは三食ほぼ家族と同じものをお供えして一緒に食す。精進料理を供えるのが本来のようだが、我が家では、仏の好きだったものを並べるようにしている。

盆僧のひらひら帰る夕がすみ　執

盆の期間中、棚経を上げに僧侶が檀家を回る。きっと最後の一軒だったのだろう。読経の後は、お茶を飲みながら故人のことや世間話などして少し長居をしていった。或いはビールか何か出されたのかもしれない。ちなみに我が家の菩提寺の先代住職は無類の上戸だったので、棚経にいらした時にはお酒を出した。羅の僧衣をまとった盆僧は、袖や裾をひらひらとさせながら夕がすみの中へと帰って行く。

盆休おほきな川を横たへ　執

お盆に帰ってくるのは祖霊だけではない。先祖に挨拶するため、日頃は遠くに暮らす家族や親戚も帰省して集う。故郷には昔よく泳いだり、魚を釣ったりして遊んだ懐かしい川が流れている。人々の生活を潤し、その往来や生き死をつぶさに見続けてきた「おほきな川」である。また、此岸と彼岸を隔てる川をも暗示している。

取り落したる皿の音も盆の夜　執

盆休みは、帰省した家族や親戚が集まり、仏間に出したテーブルにご馳走を並べ、故人を偲んだり、近況報告をし合ったりと華やいだひとときとなる。そんな団欒の中には先祖たちの御霊も交ざっているに違いない。賑やかだった昼間から一転夜は静かになる。お盆の間は、何かにつけ先祖の存在を感じるものだ。手から滑り落ちた皿の音にも、いつもとは違う気配を感受し、その表徴に祖霊を思う盆の家である。

うれしくて目脂のたまる生身魂　　執

盆の諸行事の一つに、先祖の霊を祀るだけでなく、健在の年長者を「生身魂」として敬い、ご馳走を出したり、贈り物をしたりする風習がある。

掲句、盆休みに遠くから子供や孫、ひ孫たちが集まった。祖先や自分を囲んでご馳走を食べたり、おしゃべりに花を咲かせたりと、俄然賑わう盆の家。それが嬉しくて仕方がない「生身魂」の姿が手に取るように浮かぶ。目脂が溜まった目には、終始笑みが湛えられ、時には涙もたまっていたことだろう。

かざす手に鎌傷しるき盆踊　　執

「盆踊」は先祖の霊を慰めるためのものだが、昔の農村や地方では娯楽の一つであり、また男女の出会いの場でもあった。

踊りでかざした手に、鎌で切った傷がはっきりと刻まれているのを俳人の目が捉えた。一年中休む間もなく田畑で働き通しだった手は、日焼けした大きな分厚い手に違いない。そうやって代々農を受け継いできた手なのだ。観光やイベントではなく、「盆踊」の本意を風景の後ろに据えた写生句である。

夕雲のなべて金色魂送る　　執

盂蘭盆会の終わる日、盆棚の供物は真菰の筵にくるんで川や海に流す。また門や戸口で送り火を焚いて、精霊を見送る。先祖たちは茄子の馬に乗って彼岸へと帰って行く。一年の別れである。地方によっては点火した燈籠や精霊舟を流すところもある。また京都など、大文字の送り火を山に点す地域もある。

浄土のある西の空は、夕日を迎えて雲という雲が金色に染まっている。その光は精霊が発する光のようでもあり、寂光のようでもある。いずれにしても此岸に生きるものには及ばない遠い遠い空の雲である。惜別の思いを生の言葉で述べず、金色に輝く夕雲に託した。

筆者は昨秋（二〇二〇年十月）、父（俳人の黛執）を亡くした。父には盆、墓、弔い、亡《なき》骸《がら》、柩などを詠んだ句が実に多い。そのどれもが、人の死に対して温かく敬意に満ちた眼差で詠まれている。新盆を迎える父へのオマージュとして、すべて黛執の句を引用した。

41 十夜《じゅうや》

旧暦十月五日から十五日朝までの十日十夜、浄土宗寺院で行う法会。「この世において十日十夜の間善行を行うことは、仏国土で千年間善行をするに勝る（日本大歳時記）」という無量寿経の教えに基づいてそれを実践するもので、阿弥陀如来の法恩に感謝して、十日十夜に亘り不断の念仏を修める。

室町幕府六代将軍足利義教の執権職を務めた伊勢守平貞経の弟・平貞国が、京都の真如堂で十日十夜の参籠念仏行をしたのが始まりという。明応四年（一四九五年）、鎌倉光明寺の観誉祐崇《かんよゆうそう》上人が、後土御門《ごつちみかど》天皇に招かれて宮中で浄土の法門を御進講し、真如堂の僧侶と共に引声念仏を修し、勅許を得て光明寺で法要を行うようになった。その後、全国の浄土宗寺院に広がった。

鎌倉光明寺では新暦の十月十二日〜十五日にかけて十夜法要が盛大に営まれ、献茶、稚児舞や神楽の奉納、練行列などが行われる。また境内には多くの露店が立ち並び賑わう。

真如堂では新暦の十一月五日から十五日にかけて毎夜念仏会が行われ、講員が音階の違う八つの鉦を打ち阿弥陀仏を念じる。十五日には十日結願大法要が催され、稚児や僧衆によるお練り法要があり、参拝者には中風除けの小豆粥が振る舞われる。この期間は、本尊の阿弥陀如来立像がご開帳となる。

このように現在十夜の法要は新暦に行ったり、旧暦や一カ月遅れの十日に行ったり、期間も十日間、五日間、三日間、一日などまちまちである。

一夜一夜月おもしろの十夜かな　　五升庵蝶夢

蝶夢（一七三二年〜一七九六年）は京都出身の僧侶で、阿弥陀寺塔頭帰白院の住職を辞した後は岡崎に庵を結び、芭蕉復興に寄与した。浄土宗の僧侶であった蝶夢だから、十夜にはことのほか思い入れがあっただろう。

念仏を唱えながら重ねる十日十夜……。一夜一夜満ちていく月と共に、自らの心もまた満ちていく。その移ろいを「おもしろの」と愛でる蝶夢の境地は達観している。十夜は月が美しい季節でもある。十夜を詠った蝶夢の句に、次の一句もある。

岡崎の野道人なし十夜過ぎ

人声の小寺にある十夜かな　黒柳召波

蝶夢とほぼ同時代を生きた召波（一七一七年〜一七七二年）もまた京都の生まれで、始め漢詩人として活躍したが、後に与謝蕪村の弟子となり、「三菓社」に参加した。「三菓社」のメンバーは蕪村の生業を支える「屏風講」のメンバーでもあり、召波は俳諧に精進すると共に、愛弟の一人として蕪村を支えた。召波の臨終に立ち合った蕪村が、「我俳諧西せり」私の俳諧は死んだ……と声を上げて泣いた話は有名だ。

召波が詠んだ十夜寺は真如堂のような大きな寺ではない。市中にある小寺だ。そこに近隣の老若男女が集った。いつもはひっそりとしている寺がいつになく活気づいている。その賑わいは小さな寺には収まりきれず、外にまで響いている。

下京の果ての果てにも十夜かな　森川許六

許六（一六五六年〜一七一五年）は、近江国彦根藩士で芭蕉十哲の一人。武芸や絵画に秀で、芭蕉は許六に絵の指導を受けたという。

下京の郊外のさらに端にも寺があり、そこでも十夜法要が営まれている。十夜がいかに庶民の暮らしに根付いていたかが窺われる。明かりなど他にない暗闇に十夜の灯だけが賑やかに点る。遠景でありながら、そこに寄り合う人々の熱気までもが静かに伝わる。

さてここからは、現代の十夜を紹介する。昔のように十日十夜不断の念仏を修める寺はないようだが、今も浄土宗の寺ではそれぞれに十夜の法要を行っている。十夜には「十夜鉦」「十夜婆」「十夜粥」「十夜柿」などの傍題があり、十夜をめぐる様々な習俗も見えてくる。

杉檜とつぷり暮れて十夜鉦　　檜　紀代

十夜の頃は日暮が早い。法要が始まるのはとっぷり暮れてからだ。寺を囲む林や里山は真っ先に闇をまとい、静まり返っている。甲高い鉦の音は林にまで響き渡り、木々はそれを聞き入るかのように沈黙する。

「下京」の句と同様、少し引いた場所から十夜寺を捉えているが、掲句の場合は〝音〟によって、その輪郭を闇に描き出す。森林の闇の濃さ、静けさ、匂い、十夜の高揚感までもが鉦の音によって引き出されている。杉や檜が人と同格に仏の掌にあるようだ。

法要の足を投げ出し十夜婆　脇坂佳治

「十夜婆」は十夜に参加する老婆をいう。地方の小さな寺の十夜だろう。膝の悪いお婆さんは足を投げ出して念仏を唱える。それを咎める人は誰もいない。「念仏さえ唱えれば、誰もが極楽浄土に往生できる」「凡夫こそ救われなくてはならない」という法然上人の教えを髣髴させる光景だ。

なかなかに揃はざりけり十夜鉦　中川　朝

市井の寺なのだろう。鉦を打ち鳴らして念仏を唱えるのだが、なかなか音が揃わない。鉦を打っているのは十夜婆だろうか。不揃いの鉦の音に頓着することなく、口々に阿弥陀仏を唱えて極楽浄土往生を祈る。その様子を喜んで見ている上人の目差を感じさせる。

水さして又ことことと十夜粥　梶田如是

法要の後に振る舞う「十夜粥」が、大きな鍋で炊かれている。煮詰まらないよう幾度も水をつぎ足し、信徒の健康を願いながら粥を炊き上げる。厨には粥の煮える音の他に、念仏も聴こえているに違いない。粥の当番は念仏を修めることは出来ないが、そこにも確かに上人の慈愛は及んでいる。

42　亥《い》の子《こ》

旧暦十月（亥の月）最初の亥の日に行われる行事で、古代中国の無病息災を願う宮廷儀式「亥子祝《いのこいわい》」に基づく。日本では平安朝以降、宮中の年中行事として行われていたが、ちょうど米の収穫期とかさなるため、収穫を祝う意味合いが強くなり、江戸時代になり玄猪の祝いとして庶民にも広まった。田の神と同様に、亥の子神も春に来て秋に帰ると考えられていた。

西日本では、子供たちが荒縄で丸石を縛った「亥の子石」を作り、家々を回って唱え事をしながらこれらで地面を叩く「亥の子突き」を行う。邪霊を鎮め、土地の力を強くし五穀豊穣を祈るまじないとされている。

この日に搗く餅を「亥の子餅」と言う。亥の月の亥の日、亥の刻（夜十時頃）に食すと、無病息災でいられるという。猪の多産にあやかって、子孫繁栄や五穀豊穣を祈る。猪またはうりぼうを模った餅は、その年に収穫した大豆・小豆・ささげ・ごま・栗・柿・糖の七種の粉を新米に混ぜて作る。
『源氏物語』では「葵」の巻に亥の子餅が登場するが、京都では今でも十一月になると亥の子餅が売り出される。

臼音は麓の里の亥の子かな　内藤鳴雪

鳴雪は幕末に生まれた伊予の藩士。当時の伊予では亥の子の行事も盛んに行われていたのだろう。餅を搗く音が遠くから聞こえてくる。その音に今日が亥の子だと気が付いたのだ。遥かなる臼音は、長閑な村の風景や嬉々として亥の子突きをして回る子供たちの姿を呼び起こす。

月影の遠きも囃す十日夜　原田冬扇

西日本の亥の子に対して、東日本では陰暦十月十日夜に十日夜《とおかんや》を行う。春に山を下りた田の神が山に帰るこの日、収穫に感謝し祝う。子供たちが囃歌を歌いながら芋の茎や藁を束ねた藁鉄砲で地面を叩きまわる。
「月影の遠き」とは実景か或いは心象風景か。月光の下で囃しては邪霊を祓い、田の神を称える子供たちの姿が影絵のように浮かび上がる。

炉をひらく火の冷えぐと燃えにけり　飯田蛇笏

陰陽五行説で亥は「水」に当たることから、火災を逃れるという信仰がある。江戸時代になると亥の月の亥の日に、囲炉裏や炬燵を開き、火鉢を出す風習ができた。茶の湯では、この日に「炉開き」をし、風炉を徹し、開いた炉には翌年の晩春まで釜を掛ける。茶席菓子には「亥の子餅」を用いる。

掲句はまさに炉開きをしたばかりの景を詠んでいる。本来「火」とは熱いものだが、「冷えぐと」燃えていると逆説的に把握した。それによって火の美しさや亥の子の頃の寒さまでもが凝縮されて読者に伝わる。また上五、中七、下五とゆったりと言葉が置かれ、余白が多く、部屋の静けさが一句にひろがる。もちろんすべては作者の意図の中にある。

新暦十一月一日、京都の護王神社では亥子祭が行われる。和気清麻呂公をお祀りする護王神社は、烏丸通りを挟んだ御所の西側にあり、清麻呂公が猪に助けられたことがあることから、狛犬の代わりに狛猪が奉納され、通称「いのしし神社」と呼ばれている。

亥子祭では、平安時代に宮中で行われていた「御玄猪」を舞殿で再現する。夕方五時半、境内の舞殿で平安装束を纏った神官や祭員たちが、松で作られた小さな臼と柳の杵二本で無病息災を祈り餅を搗く御春《おつき》ノ儀《ぎ》。本来は天皇が搗いた餅を皆で食したという。雅楽が演奏される中、繰り広げられる浄闇の神事は、さながら平安絵巻のようだ。

神前に供えられた餅は、その後唐櫃に入れられて御所に献上され（禁裏御玄猪調貢ノ儀）、参拝者は提灯を手に朝貢列を組んで後に続く。

数年前、護王神社の亥子祭に参加した。立冬も間近、日が暮れると足元からしんしんと冷えてくる。たまたま隣に座ったおばあさんの膝に、ショールを掛けてあげたことをきっかけに親しく話をするようになった。彼女も初めて参加したのだと言う。私は御春ノ儀の後すぐに帰るつもりでいたが、提灯行列に一緒に参加しようと誘っていただき、手を取り合って御所を歩いた。夜の御所に玉砂利の音だけが響く。松の上に上がった満月が神秘的で、二人で歓声を上げ、しばし足をとめて仰いだ。

神社に戻ると境内で餅つきが行われた。「亥の月亥の日の亥の子刻　厄除三種の亥子餅春くつーくつーくつく　命つくつく　それ幸いなぁー幸いな　猪しゃ餅食ってほーいほーい、和気さんお出ましえーいえいいえいいえいいえい」。亥子囃を唱えながら威勢よく餅つきが始まった。取り囲んでいた参加者から思わず手拍子がでる。「やっぱり餅つきはこうでなくっちゃね！」とおばあさん。胡麻、砕いたピーナッツ、黒砂糖、かりんの実などが搗きこまれた餅は、香りも良く、いかにも身体に良さそうだ。境内の隅に腰掛けて亥の子餅を食べていると、おばあさんがふいに話し出した。ちょうど私の年頃の息子さんを数年前に病気で亡くされたのだそうだ。

「今日はほんまにええ日やったわ。亥の子餅もいただいたし、息子の分まで元気で長生きします」。そう言っておばあさんは月明りの中を帰っていった。

お亥猪や月夜になりし京の町　　杉山飛雨

43 大祓《おおはらえ》

大祓とは、旧暦六月と十二月の晦日、つまり一年を二期に割って、新しい時期を迎えるのに際して行う祓の神事。六月と十二月の晦日は、半年分の穢れを落として身を清め、神を迎える忌日であった。

十二月の晦日を「年越」というのに対して、六月の晦日を「夏越」とし、六月の大祓は「夏越《なごし》の祓《はらえ》」「名越の祓」「夏祓」「御祓《みそぎ》」などと呼ぶ。現在は新暦の六月三十日に行うところが多く、夏を越し新たな季節を迎えるという意味合いから、一年の前半の厄払いをして厳しい夏と一年の後半の無病息災を祈るという意味合いに少し変化してきたようだ。

神社では須佐之男命（または牛頭天王）が蘇民将来に厄除けの茅の輪を授けたという説話から、参道や境内に大きな茅の輪を設え、参拝者はそれをくぐって邪気を祓ったり、形代（人の形に切った紙）で身体を撫でて、半年間の穢れを移して水に流したりする。水辺に斎串《いぐし》を立てた「川社」で、「川祓《かわはらえ》」をする地方もある。またその川を、禊川と呼ぶ。

平安時代宮中では、旧暦六月一日を氷の朔日と呼び、氷室を開き「氷室の節会」を行っていた。御所の北（氷室神社など）の氷室で貯蔵しておいた氷を食して暑気払いをする風習だ。氷のような貴重品が手に入らなかった庶民は、後に三角形のういろうを氷に見立て、その上に魔除けの小豆を載せた菓子「水無月」を食するようになる。京都などでは現在でも新暦の六月下旬になると、水無月が菓子舗に並び、食べる風習が残っている。

加茂川に日の衰へし御祓かな　村山古郷

京都上賀茂神社では新暦六月三十日に、夏越大祓が行われる。茅の輪くぐりの神事の後、夜八時から篝火をともし、橋殿に集った神職たちが、雅楽の流れる中を祝詞や和歌を唱えながら人形《ひとがた》を小川に流す。白い人形が篝火に照らされて小川に舞い落ちる様は幻想的だ。「小倉百人一首」藤原家隆の「風そよぐ楢の小川の夕暮れは禊ぞ夏のしるしなりける」の楢の小川とは、上賀茂神社の境内を流れるこの小川のことで、鎌倉時代の夏越の祓を詠んだものだ。また「蘇民将来之子孫也」と記された札が付いた小さな茅の輪のお守りも参拝者に配られる。

数年前、京都護王神社の夏越大祓に参列した。あいにく朝から小雨が降っていたが、拝殿で百度祓と大祓式が行われた。打ち鳴らされる太鼓の音と共に参列者全員で大祓詞を奏上した後、切麻と人形《ひとがた》に罪や穢れを移してお祓いが行われる。その後、切麻と人形を入れた唐櫃を担いだ神職たちに続いて、参拝者が作法に則り茅の輪をくぐった。

六月《みな》のなごしの祓《はらへ》する人は千とせの命《いのち》延《の》ぶといふなり

『拾遺和歌集』(巻五・賀・二九二)

茅の輪をくぐる時には詠み人しらずの右の一首を唱和する。穢れを託された形代は最後に境内でお焚き上げされた。一時間半に及ぶ神事が終了する頃には、朝から降り続いていた雨が止んでいた。雲間から覗いた青空は大祓の後だったせいか、殊の外瑞々しく清らかに見えた。参列の記念に茅の輪のお守りをいただき、帰途には道筋にある老舗和菓子店で「水無月」を求めた。

川下に牛洗ひ居る御祓《みそぎ》かな　　西山泊雲

かつては夏越の祓に、牛や馬を海や川に連れて行き洗った。九州など地方によっては人が海に入って身を清めた。これは大阪住吉の禊の影響だという説もある。

掲句、おそらく人々は川の上流で、牛馬は下流で禊をしているのだろう。人も家畜も共に厄を落として、新たな季節を迎えようとする日本人独特の思想と風土を、一句に掬い取っている。

形代に旅のわが名を加へけり　藤崎久を

「形代」は、人の姿を象った紙に名前などを記し、身体を撫で、最後に人形に息を三回吹きかけて自分の穢れを移し、これを川などに流す。

掲句はどこか旅先でたまさかに夏越の祓に行き合ったのだろう。俳人ならば、足を止めないはずがない。飛び入りで夏越の祓に参加し、形代に名を記したのだろう。「旅のわが名を加へけり」には、土地の人々や神への慎みと旅の高揚感とが相俟っている。

一円を立てて茅の輪に内外あり　松本たかし

茅の輪は茅や藁を紙で包み、束ねて直径二、三メートル程の大きな輪に仕立てたもので、鳥居や神橋の袂などに吊るす。8の字を書きながらに作法に従って廻り、穢れを落として息災を祈る。
また茅の輪は結界でもある。穢れた俗世と清浄なる世界、その二つの世界を人々は祈りながら出入りする。「一円を立てて」と提示されて、あらためて茅の輪というものの存在の不思議さに気が付く。

いびつなる島の茅の輪をくぐりけり　岸田稚魚

佐渡での旅吟のようだ。「いびつなる」茅の輪は、京都の大きな神社ではまず見かけない。おそらく島民が寄り集まって作った素朴なものなのだろう。茅の輪の起源となる古代の神話に繋がっていくような土俗的な雰囲気が横溢する。茅の輪の向こうには、青い海が広がっていたに違いない。

雨だれのしげき茅の輪をくぐりけり　荻野泰成

雨後或いは小雨の降る中で茅の輪をくぐったのだろう。雨が降っていても茅の輪をくぐるときには傘はささない。もちろん帽子も脱ぐ。激しく滴り落ちる雨雫には茅の香がしたことだろう。茅の輪に浸み込み滴り落ちるその雫はもはやただの雨水ではなく、聖水であり甘露である。頭を垂れ有難く雨だれを浴びながら茅の輪をくぐる参拝者たちである。

おわりに

グローバル化が進む一方で、今世紀に入った頃からローカルの文化を見直そうという意識が世界中で高まりはじめた。日本でも月暦が売れたり、若者が浴衣を着るようになったりと「和」がブームになり、自国の文化を再発見しようとする動きが盛んになった。

「二十四節気」などに関心を持つ人が増えてきたのもその頃だ。複数の出版社から「二十四節気」について書かないかと依頼をいただいたが、書き下ろしをする余裕がなかった。そこで私の父が主宰する月刊俳句誌「春野」に二年間に亘って連載をした。さらに『Web新小説』（春陽堂書店）で、「雑節」「五節句」その他の重要な「伝統行事」について連載したものを加え、本書を上梓することとなった。

執筆していて私自身に多くの再発見があった。まずは、（当然のことながら）節気や伝統行事のほとんどが中国から渡来した文化だということ。日本に根付く過程で日本の季節や習俗、日本人の感性や信仰に適応させて融合し、多様な風習を育んだこと。それらは、日本人がいかに自然を尊び、畏れ、感謝し、睦みながら暮らしてきたかということを示していた。自然崇拝は田の神や山の神、風の神、水の神、海の神など様々な神を生み、先人は四季折々に神仏や祖霊に感謝し祈りを捧げながら暮らしてきた。それらは年中行事となって暮らしに根付き、日本人の体幹をつくり上げてきたと言ってもいい。

本書では多くの俳句を引用しているが、俳人たちは日々の生活に節気を意識し、ちょっとした機微にも節気を実感して五感で捉える。一椀の白湯に、暮れゆく山なみに、玉砂利の音に、しみじみと季節の到来を感じ入る。節気や伝統行事には先人たちの知恵と祈りが積み重なっている。豊作の年、飢饉の年、災害の年、疫病が蔓延した年……。どんな年も先祖たちは旧暦や節気を頼りに漁や農作をし、厄を祓い、無病息災と豊漁・豊作を神仏や祖霊に祈り、生き抜いてきた。だから、一度《ひとたび》節気を意識すると、浜風も野山や田畑を渡ってくる風も、ただの風ではなくなる。風の訪れはこの地で生き抜いてきた祖霊の訪れであり、神々の訪れでもある。

今でも私たちは節分に豆まきをし、上巳の節句には雛人形を飾る。八十八夜の頃にはきまって新茶が出回る。夏の土用には奮発して鰻を食べ、盆休みには帰省して墓参りをし、冬至には柚子風呂に入る。節気や伝統行事は暮らしに根付いている。ただ、本来の意味を知る人が少なくなり、単なるイベントになりつつあるのが残念だ。

節気や伝統行事は、巡りくる季節のなかで、今を生きる私たちと祖霊を引き合わせる役割を果たす。そして、目の前のことに忙殺されがちな現代人を「句読点」のごとくに立ち止まらせ、本来の自然観や信仰心といったルーツを思い出させてくれる。それが節気であり伝統行事だ。

私事で恐縮だが、『Web新小説』連載の途中で、父（俳人の黛執）を亡くした。最愛の父の死に遭遇したことで節気や伝統行事への解釈がより深まった。そして先人たちが育み、どんな時代も絶やさず続けてきた風習や行事の真義を次の世代へと伝えるという使命を強く感じるようになった。

最後になりましたが、春陽堂書店の岡崎成美さん、岸野順子さん、牧野森太郎さん、北澤秀明さんには連載時から出版まで大変お世話になりました。美しいデザインをしてくださった齊藤信貴さんにもこの場をお借りして御礼申し上げます。また「春野」誌と俳句を掲載させていただいた俳人の皆様、引用句の検索のために俳句文学館へ通ってくれた堤あゆみさんと石井優美子さん、諸々の調整をしてくれた当事務所の玉井智美さんにあらためて感謝申し上げます。

二〇二一年八月二十一日　湯河原にて

黛　まどか

主な参考文献

安住敦『春夏秋冬帖』牧羊社
石井穣二訳注『新版枕草子（上・下巻）』角川ソフィア文庫
井上ひさし『化粧』集英社文庫
上田敏『海潮音　上田敏訳詩集』新潮文庫
宇治谷孟『日本書紀　全現代語訳（上・下）』講談社学術文庫
岡田芳朗『明治改暦　「時」の文明開化』大修館書店
岡田芳朗『暮らしのこよみ歳時記』講談社
角川文化振興財団編『北陸・京滋ふるさと大歳時記』角川書店
環境デザイン研究所編『ニッポンの二十四節気・七十二候　写真・和歌・前線
図でめぐる72の季節』誠文堂新光社
京都名句鑑賞会編『名所で詠む　京都歳時記』講談社
久保田淳、平田喜信校注『後拾遺和歌集』岩波文庫
坂本太郎、家永三郎、井上光貞、大野晋校注『日本書紀（一）〜（五）』岩波文庫
下見隆雄『礼記』（中国古典新書）明徳出版社

島内裕子校訂・訳『徒然草』ちくま学芸文庫
鈴木牧之、京山人百樹刪定、岡田武松校訂『北越雪譜』岩波文庫
瀬戸内寂聴『源氏物語（巻一〜巻十）』講談社
坪内稔典『京の季語　春』『京の季語　夏』『京の季語　秋』『京の季語　冬』『京の季語　新年』光村推古書院
寺田寅彦『ランティエ叢書6　俳句と地球物理』角川春樹事務所
中西進『万葉集　全訳注原文付（一）〜（四）』講談社文庫
［谷口］蕪村『蕪村全集（第一巻〜第九巻）』講談社
堀信夫監修『袖珍版　芭蕉全句』小学館
松浦友久、植木久行編訳『杜牧詩選』岩波文庫
水原秋櫻子、加藤楸邨、山本健吉監修『カラー図解　日本大歳時記　冬』講談社
宮本常一『民間暦』講談社学術文庫
柳田国男監修『民俗学辞典』東京堂出版
山田太一『今朝の秋』新潮文庫
『新日本古典文学大系7　拾遺和歌集』岩波書店
『日本古典文学全集　古今和歌集』小学館

『日本古典文学全集　古事記　上代歌謡』小学館
『日本古典文学全集　新古今和歌集』小学館
『日本歴史大事典（1）』小学館

『こよみ便覧』
「春燈」第4号　結社誌
「俳句」昭和57年9月臨時増刊『杉田久女読本』角川書店

取材協力（敬称略）

四国村（公益財団法人 四国民家博物館）
福島民報社
徳島県春日神社宮司　岡山秀則
（株）奥会津昭和村振興公社　本名民子
渡部雅俊

初出一覧

「二十四節気」――
「節気に暮らす」俳句結社「春野」二〇一五年三月号～二〇一七年二月号

「雑節」「五節句」「その他の伝統行事」――
「俳句で楽しむ、日本の暮らし」『Ｗｅｂ新小説』（春陽堂書店）二〇二〇年二月号～二〇二一年八月号
https://shinshosetsu.com

黛まどか（まゆずみ・まどか）

俳人。神奈川県生まれ。2002年、句集『京都の恋』で第2回山本健吉文学賞受賞。2010年4月より一年間文化庁「文化交流使」として欧州で活動。スペインサンティアゴ巡礼道、韓国プサン－ソウル、四国遍路など踏破。「歩いて詠む・歩いて書く」ことをライフワークとしている。オペラの台本執筆、校歌の作詞など多方面で活躍。2021年より「世界オンライン句会」を主宰。現在、北里大学・京都橘大学・昭和女子大学客員教授。著書に、句集『てっぺんの星』、紀行集『奇跡の四国遍路』、随筆『引き算の美学』など多数。

公式ウェブサイト　https://madoka575.co.jp

暮《く》らしの中《なか》の二十四節気《にじゅうしせっき》　丁寧《ていねい》に生《い》きてみる

2021年10月21日　初版第1刷　発行

著　者 ―――― 黛まどか
発行者 ―――― 伊藤良則
発行所 ―――― 株式会社 春陽堂書店
〒104-0061
東京都中央区銀座3-10-9　KEC銀座ビル
TEL：03-6264-0855（代）
https://www.shunyodo.co.jp
デザイン ―――― WHITELINE GRAPHICS CO.
印刷・製本 ―――― ラン印刷社

乱丁本・落丁本はお取替えいたします。

ISBN 978-4-394-55001-3 C0095